U0084975

序 言

　　「**文法句型 180**」的修編，是為了因應讀者的熱烈要求。有許多讀者反應，市面上的句型相關書籍，大多是講會話句型，內容不夠深入，無法符合參加升學考試者的需求。因此，我們特地重新修編出版「**文法句型 180**」，這本書就是文法句型的最大剋星。

　　「**文法句型 180**」依照句型的詞性來分章節，總共分為十二章。每個章節都是先以文法的角度切入，深入淺出地講解句型，然後再列舉出用法相似的其他句型。最後，還會附上歷屆聯考試題。而且每一章結束前，都有一回實力測驗，可供讀者做全盤性的練習。俗話說得好：「知己知彼，百戰百勝。」想要戰勝句型，就必須對句型有充分的了解，而「**文法句型 180**」就是您的秘密武器。

　　由於本書是以文法來分析句型，所以對於文法基礎不夠穩固的讀者來說，不妨先讀「**文法入門**」，該書是以提綱挈領的方式講解文法，能幫助讀者在最短的時間內熟悉最重要的文法。有了文法基礎之後，再來讀「**文法句型 180**」，相信再也沒有任何題目可以難得倒您。

　　本書的修編工作，係經審慎的斟酌與校閱後才完成，但仍恐有不足或缺漏之處，誠盼各界先進不吝指正。

修編者　謹識

■ 第 9 章　比較的表達方式 ･･･････････････ *184*

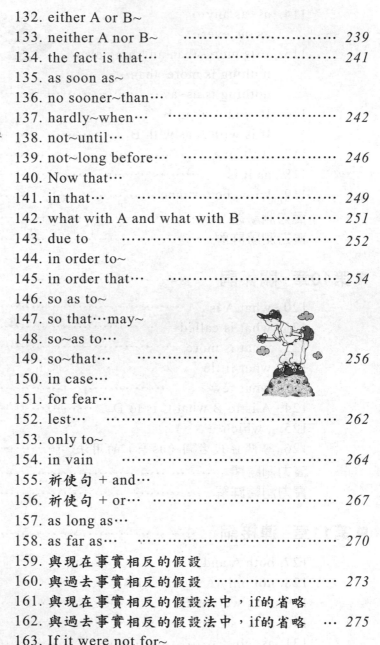

本書製作過程

　　本書的完成，是一個團隊的力量。由王淑平小姐擔任總指揮，謝靜芳老師協助編輯，並經由美籍老師 Laura E. Stewart 的細心校訂，白雪嬌小姐為本書設計封面，黃淑貞小姐負責設計版面，非常感謝她們辛苦的付出。此外，還要感謝洪佳穗小姐、鄭伊真小姐、唐旭瑩小姐，以及洪偉華小姐協助打字與校對。

All rights reserved. No part of this publication may be reproduced without the prior permission of Learning Publishing Company.

本書版權為學習出版公司所有，翻印必究。

第 1 章

名詞 Noun

句型 1

《公式 1》　the + 單數普通名詞 = 抽象名詞

《公式 2》　the + 單數普通名詞 = 種類全體

【背誦佳句】　***The pen*** is mightier than ***the sword***.
　　　　　　　文勝於武。

【背誦佳句】　***The cow*** is a useful animal.
　　　　　　　牛是有用的動物。

§公式解析

[1] 有些「the + 單數普通名詞」，表示該名詞本身的**特色**、**能力**、**性質**等，是抽象名詞。如 pen 原指「筆」，但 *the* pen 則作「言論；文筆」解；同理，sword 原指「劍」，但 *the* sword 則作「武力」解。再看下例：

【例】 What is learned in ***the cradle*** is carried to ***the grave***.（幼年所學終生不忘。）

　　＊cradle 原本是「搖籃」，在這裡是「幼年」的意思。
　　　grave 原本是「墳墓」，在這裡是「死亡」的意思。

[2] 「the + 單數普通名詞」，也可以代表其**種類全體**。如 *the* cow 就是指「全體的牛」。再看下例：

【例】 This book will prove of great value to ***the Chinese student***.（這本書對中國學生確實大有用處。）

　⇨ 但 man 和 woman 表全體時不加冠詞。

【例】 Man for the field ; woman for the hearth.
　　　（男主外，女主內。）

§舉一反三

[1] 「the + 單數普通名詞 = 抽象名詞」之常見類例：

　　　the stage（戲劇；演藝界）

　　　the wolf（極度的飢餓）

　　【例】 *The mother* rose in her.（母愛浮上她的心頭。）

　　　　 We should give up *the sword* for *the pen*.

　　　　（我們應該化干戈爲玉帛。）

　　　　 When one is poor, *the beggar* will come out.

　　　　（人一窮，劣根性就出來了。）

　　　　 He works hard to keep *the wolf* from the door.

　　　　（他爲了不受飢寒而努力工作。）

[2] 普通名詞指種類全體時，有三種表達方式：

　　① a(n) + 單數：*A horse* is a useful animal.

　　　　　　　　　（馬是有用的動物。）

　　② the + 單數：*The horse* is a useful animal.

　　③ 複數（無冠詞）：*Horses* are useful animals.

《聯考試題引證》

Play is vital to *a child*'s development. Without play, *a child*'s mind and body will not develop properly. For it is through play that *a child* learns and grows. Play is the work of *the child*.

【翻譯】 遊戲對兒童的發展極為重要。要是沒有遊戲，兒童的身心就無法適當發展。因為兒童經由遊戲學習和成長。遊戲就是孩子們的工作。

【解析】 Without play 是副詞片語，修飾 develop，表條件。For…grows 中，用 it is…that 來強調副詞片語 through play。**a child** 和 **the child** 指的是「全部的小孩」。

【註釋】 vital〔'vaɪtl̩〕*adj.* 極重要的
properly〔'prɑpəlɪ〕*adv.* 適當地

《考前實力測驗》

I pretended to be utterly helpless. This appealed to *the mother* in her.

【翻譯】 我假裝全然無助，引發了她的母愛。

【解析】 **the mother**「母愛」(= *mother love*)

【註釋】 utterly〔'ʌtəlɪ〕*adv.* 完全地；全然地
appeal to 引起關切

句型 2

《公式 3》　**of** + 抽象名詞 = 形容詞
《公式 4》　**with** + 抽象名詞 = 副詞

【背誦佳句】　A thing *of beauty* is a joy forever.
　　　　　　美的事物是永恆的喜悅。

【背誦佳句】　He passed the examination *with ease*.
　　　　　　他輕易地通過考試。

§公式解析

1 「of + 抽象名詞」當形容詞片語用，就等於在名詞之前加上形
容詞（如 a thing *of beauty* = a *beautiful* thing）。其位置須
在**名詞、be 動詞之後**，也可做受詞補語。

　【例】 He found all his efforts *of no avail*.【受詞補語】
　　　　（他發現他一切的努力都無效。）

　⇨ 部分「of + 抽象名詞」則當**副詞**用，常見的有：
　　of necessity = *necessarily*（必然地）
　　of course（當然）

2 「with + 抽象名詞」形成一**副詞片語**，大部分可等於一個副詞
（如 with ease = *easily*）。

　【例】 My big brother speaks German *with great fluency*
　　　　（ = *very fluently*）.
　　　　（我大哥的德文說得非常流利。）

§ 舉一反三

1️⃣ 「of + 抽象名詞」的句型整理：

> of + 抽象名詞 = 形容詞
> of + **great** + 抽象名詞 = **very** + 形容詞
> of + **no** + 抽象名詞 = **not** + 形容詞（ *or* **-less, un-**）

　　~of ability = *able*~（能幹的~）

　　~of great value = *very valuable*~（很有價值的~）

　　~of no importance = *unimportant*~（不重要的~）

2️⃣ 公式 4 的變形：in[by, on] + 抽象名詞 = 副詞

　　in private = *privately*（私下地）

　　in triumph = *triumphantly*（得意洋洋地）

　　by mistake = *mistakenly*（錯誤地）

　　by chance = by accident = *accidentally*（偶然地；意外地）

　　on time = *punctually*（準時地）

　　on purpose = *purposely*（故意地）

《聯考試題引證》

The police had been *of no use* in helping to find his
father.　　　　　　　　　　　　　　　　　　　【夜大】

【翻譯】 警方無法幫他找到他的父親。

【解析】 本題是用公式 3 的句型 —— of + 抽象名詞 = 形容詞。

　　　　* **of no use** = useless「無用的」

　　　　　of use = useful「有用的」

《聯考試題引證》

…This news was met _____ indifference by all my
family except Mother. …　　　　　　【日大】

(A) by　　(B) in　　(C) with　　(D) for

【答案】(C)

【翻譯】 我們全家人，除了母親以外，都對這個消息漠不關心。

【解析】 依句意，本題應用副詞片語來修飾 met，故用

公式 4 —— with + 抽象名詞 = 副詞，選 (C)。

* **with indifference** = *indifferently*「漠不關心地」

本題可改為主動語態：All my family except Mother
met this news *with indifference*.

《國外試題引證》

Natalie spoke on the stage _____ confidence.　She
wasn't nervous at all.

(A) with　　(B) in　　(C) of　　(D) for

【答案】(A)

【翻譯】 娜塔莉很有自信地在台上講話。她一點都不緊張。

【解析】 **with confidence**「有自信地」（= *confidently*）。

【註釋】 *not ~ at all* 一點也不　　stage〔stedʒ〕*n.* 舞台
nervous〔'nɝvəs〕*adj.* 緊張的

句型 **3**

《公式 5 》 **all** + 抽象名詞 = **very** + 形容詞
　　　　「很～；非常～」

《公式 6 》 **all ears** (**eyes**…) 「專心聽（注意看）…」

【背誦佳句】 She is *all kindness*. 她很仁慈。
　　　　　 = She is *very kind*.

【背誦佳句】 Go ahead with your romantic story;
　　　　　 we are *all ears*.
　　　　　 開始講你的羅曼史吧，我們洗耳恭聽。

§公式解析

1　「all + 抽象名詞」是表示某種性質十分顯著，作「**非常～**」解。
　　形容某人「非常～」時，除了用「**very** + 形容詞」外，還可以用
　　「**all** + 抽象名詞」、「抽象名詞 + **itself**」…等來表示。

　　【例】　He is *all attention*.
　　　　　 = He is *attention itself*.
　　　　　 = He is *very attentive*.（他非常地專注。）

2　all 接上某些**特殊複數名詞**時，常有加強語氣的作用；放在 **be**
　　動詞後面，做主詞補語。

　　【例】　She was *all tears* to part company with her family.
　　　　　（她淚流滿面地和家人分開。）

　　　　　 He is *all smiles*.（他滿臉笑容。）

§ 舉一反三

1️⃣ 「all + 特殊複數名詞」的其他類例：

all fours（匍匐）
all nerves（非常緊張）
all thumbs（笨手笨腳；笨拙）

《聯考試題引證》

The boys are **all excitement**.
= The boys are **very** much **excited**. 　【夜大】

【翻譯】 男孩們都很興奮。

【解析】 **all** + 抽象名詞 = **very** + 形容詞

【註釋】 excitement〔ɪkˈsaɪtmənt〕 *n.* 興奮

《考前實力測驗》

She was **all ears** when the scandal was revealed.

【翻譯】 當醜聞被揭發時，她很專心在聽。

【解析】 **all ears（eyes**…）「專心聽（注意看）…」。

【註釋】 scandal〔ˈskændl〕 *n.* 醜聞
reveal〔rɪˈvil〕 *v.* 揭發；透露

句型 4

《公式 7》 **an angel of a wife**「天使般的妻子」

【背誦佳句】 Helen is *an angel of a wife*.
海倫是天使般的妻子。

§公式解析

1 「an A + of + a B」作「如 A 般的 B」解。此時的 of 表示**同格**的關係。

【例】 Helen is *an angel of a wife*.
= Helen is *a wife like an angel*.
= Helen is *an angelic wife*.
（海倫是天使般的妻子。）

⇨ 指特定的人或物時，A 前面的不定冠詞 an 須改成**定冠詞 the**，或**指示形容詞 that**。B 為**專有名詞**時，其前也要改成加 **the**。

【例】 *That coward of a man* ran away.
（那個如膽小鬼般的男人逃了。）

The brute of a husband beat Mary.
（這個如野獸般的丈夫毆打了瑪麗。）

§舉一反三

1 公式 7 的其他類例：

【例】 a saint of a man「如聖人般的人」
a palace of a house「如宮殿般的房子」
a monster of a dog「如怪物般的狗」

句型 5

《公式 8 》 **to** *one's* **surprise**「使某人驚訝的是」

【背誦佳句】　*To my surprise*, she began to laugh.
　　　　　　　使我驚訝的是,她開始笑了。

§公式解析

1　to *one's* 常接 surprise(驚訝)、delight(高興)、relief
　(放心)…等**情感名詞**,表示「某種行動後產生的情感」,
　也常以「to + 情感名詞 + of + 人」的形式出現。

　【例】 He has recovered, much *to the delight of* his
　　　　 friends. (他已經康復了,他的朋友都很高興。)

　　⇨ 「to *one's* + 情感名詞」是介系詞片語,做**副詞**用,通常放
　　　在**句首**,也可以放在**動詞後面**。

　【例】 I hope the investment will prove *to your*
　　　　 advantage. (我希望此項投資將對你有利。)

　　⇨ 有時配合句意,在此句型中的名詞前面,可以加上**形容詞**。

　【例】 *To my deep regret*, I can't accept your invitation.
　　　　 (我對於無法接受你的邀請這件事,深感遺憾。)

§ 舉一反三

1 「to *one's* + 情感名詞」的常見類例：

> to *one's* astonishment（使某人驚奇的是）
> to *one's* disappointment（使某人失望的是）
> to *one's* shame（使某人丟臉的是）
> to *one's* satisfaction（使某人滿意的是）
> to *one's* distress（使某人悲痛的是）
> to *one's* sorrow（使某人悲傷的是）
> to *one's* relief（使某人放心的是）
> to *one's* dismay（使某人驚慌的是）

《聯考試題引證》

We are surprised at her recovery.

= ***To our surprise***, she recovered so quickly.　【夜大】

【翻譯】　令我們驚訝的是，她復原得如此快。

【解析】　**to *one's* surprise**「使某人驚訝的是」。

【註釋】　recovery〔rɪ'kʌvərɪ〕*n.* 康復
　　　　　recover〔rɪ'kʌvɚ〕*v.* 康復

第 1 章 ▶ 實力測驗題

一、中翻英：

1. 她沒有勇氣離開她父親。

   _____

2. 猴子是聰明的動物。　　　　　　　　　【員林高中】

   _____

3. 他是個能幹的人。　　　　　　　　　　【彰化女中】

   _____

4. 這名小偷能輕易地闖入別人的住宅。

   _____

5. 那個男人是個惡名昭彰的流氓。　　　　【台南一中】

   _____

二、英翻中：

1. Tom has *the ability to* make a rational plan.　【北一女】

   _____

2. I was *all attention* when he told the tale.　　【夜大】

   _____

3. Mary couldn't control *the curiosity to* and *looked into* the facts of the case.

_____

4. *To my relief*, he got home *safe*.

_____

5. A man *of riches* is *not necessarily* a man *of success*.

_____

三、短文翻譯：

下列 5 題為一則短文，請將各題的中文譯成英文，文長共 80 個單詞 (words) 左右。

1. 當他敘述自己的經歷時，我全神傾聽。

_____

2. 他在知道至友出賣自己的國家後，變得非常沮喪。

_____

3. 由於他是個果斷的人，他立刻知道該怎麼辦。

_____

4. 令我驚訝的是，他不因友情而徇私。

_____

5. 與友情相較之下，愛國心似乎顯得偉大多了。

_____

第 1 章　實力測驗詳解

一、中翻英：

1. She didn't have *the courage to* leave her father.

2. *The* [A] monkey is *a* wise animal.
   (= Monkeys are wise animals.)

3. He is a man *of ability*. (= He is an *able* man.)

4. The thief can *break into* others' houses *with ease*.

5. The man is *a devil of* a rascal.

二、英翻中：

1. 湯姆有能力擬定合理的計畫。

2. 當他講故事時，我全神貫注。

3. 瑪麗無法控制想要調查這件案子真相的好奇心。

4. 他平安回家，使我鬆了一口氣。

5. 有錢的人未必是成功的人。

三、短文翻譯：

1. I was *all ears* when he told me his own experience.

2. He was *all depression* after knowing his *intimate friend* had betrayed his country.

3. Being a man *of decision*, he knew what to do at once.

4. *To my surprise*, he did not forget *the judge* in *the friend*.
   【the + 單數普通名詞表抽象觀念】

5. *Compared with friendship*, *patriotism* seems to be greater.

第 2 章

代名詞 Pronoun

句型 **6**

《公式 9》 **It is…for A to~**
「~對 A 來說是…的」
《公式 10》 **It is…of A to~**

【背誦佳句】 *It is* good *for you to* keep early hours.
早睡早起對你有益。

【背誦佳句】 *It is* good *of you to* say so.
你這樣說很好。

§公式解析

1 在本句型中，It 做形式主詞，代替後面的**不定詞**，for A 的 A 則是不定詞意義上的主詞，但若該主詞泛指一般人或一般事物時，則可以省略。

【例】 *It is* natural *for him to* get angry.
= *For him to* get angry *is* natural.
（他生氣是理所當然的。）

It is important *to* work hard.
= *It is* important *for anyone to* work hard.
（努力工作是重要的。）

【不定詞 to work hard 意義上的主詞是 anyone，可以省略，亦可表明。】

2 It is 後的形容詞若爲 kind, cruel, wise, foolish 等用來**褒貶人**的形容詞（即人稱形容詞），則 **for 要改成 of**。

【例】 *It is* very unwise *of you* to refuse my offer.

= *You are* very unwise *to* refuse my offer.

（你拒絕我的提議，實在非常愚蠢。）

⇨ 注意，用來描述事物的形容詞，當然不能以人當主詞。所以只能用 It is…for A to~ 的句型。

You are important to work hard. 【誤】

§舉一反三

1 下列形容詞多用於 It is…for A to~ 的句型：

necessary（必需的）　　hard（困難的）

possible（可能的）　　impossible（不可能的）

easy（容易的）　　convenient（方便的）

dangerous（危險的）

2 下列形容詞多用於 It is…of A to~ 的句型：

absurd（荒謬的）　　bold（大膽的）

nice（好的）　　careless（粗心的）

foolish（愚蠢的）　　cruel（殘忍的）

impolite（不禮貌的）　　honest（誠實的）

kind（仁慈的）

─《 聯考試題引證 》─

It is of little consequence *for one man to* be called His Highness and another His Holiness, but *it is* hard *for me to* be the servant of another. 【日大】

【翻譯】　一個人是否被尊稱為殿下或陛下並無關緊要，但是做別人的僕人卻令我難以忍受。

【解析】　**It** 為形式主詞，代替後面的不定詞片語 to be called，for 後面的 one man 為不定詞意義上的主詞。

【註釋】　consequence〔'kɑnsə͵kwɛns〕*n.* 重要性
　　　　of little consequence 不重要的
　　　　His Highness 殿下　　*His Holiness* 陛下
　　　　servant〔'sɝvənt〕*n.* 僕人

─《 聯考試題引證 》─

A: Would you like to join us for Sunday dinner?
B: *It's* nice *of you to* invite me. 【夜大】

【翻譯】　A：你願意參加我們週日的晚宴嗎？
　　　　B：你能邀請我真是太好了。

【解析】　It is 後面的形容詞 nice 是**人稱形容詞**，所以 you 之前的介系詞為 of，非 *for*。

句型 7

《公式 11》 **It is…V-ing** 「做某事是…」

《公式 12》 **It is~that…**「…是~」

【背誦佳句】 *It is* no use *crying* over split milk.

【諺】覆水難收。

【背誦佳句】 *It is* necessary *that* you go there at once. 你必須立刻去那裏。

§公式解析

1 It 做形式主詞，代替後面的**動名詞**。

【例】 *It is* no use *trying* to excuse yourself.

= *Trying* to excuse yourself *is* no use.

（想為你自己辯解是沒有用的。）

2 It 做形式主詞，代替後面所要說的**名詞子句**。

⇨ that 子句亦可代換成**不定詞**的形式：

【例】 *It is* necessary *that* you go there at once.

= *It is* necessary for you *to go* there at once.

⇨ 除了 that 所引導的名詞子句外，**whether, how** 等亦可引導名詞子句，當眞正的主詞，如：

It is doubtful *whether* the plane will arrive on time.

（飛機是否會準時到達，令人懷疑。）

⇨ 【比較】加強語氣用法的 it 句型：

It is (was) + 強調部分 + that + 其餘部分

【例】 I met Tom in the park.

→ It was *Tom* that I met in the park.【強調遇見 Tom】

→ It was *I* that met Tom in the park.【強調是我遇見】

→ It was *in the park* that I met Tom.【強調在公園】

＊上例中，that 前面的先行詞所指爲人時，可用 *who* 來代替 that；

爲物時，可用 *which*；爲地方時，可用 *where*。

§舉一反三

1️⃣ 類例：*It is* impossible *trying* to beat him.

（嘗試要打敗他是不可能的。）

2️⃣ 類例：*It is* natural *that* he should complain.

（他會抱怨是理所當然的。）

《聯考試題引證》

It's no use *asking* Mr. Smith to help you.　He's a stony-
hearted old man.

【日大】

【翻譯】　你找史密斯先生幫忙是沒有用的。他是個鐵石心腸的老人。

【解析】　**It is no use + V-ing** = There is no use (in) + V-ing

= It is of no use to + V.

【註釋】　stonyhearted〔'stonɪ'hɑrtɪd〕*adj.* 冷酷的；鐵石心腸的

《聯考試題引證》

It is likely *that* you will be more confused than better prepared on the day of the examination if you have broken your daily routine by missing your meals or sleep.　　　　　　　　　　　【夜大】

【翻譯】 假如你因為耽誤了吃飯或睡覺，而打斷日常的作息，那麼考試那一天，你可能會茫無頭緒，而沒有完善的準備。

【解析】 **It is～that**…「…是～」，此句型中，It 為形式主詞，代替 that 引導的名詞子句。

【註釋】 likely〔'laɪklɪ〕*adj.* 可能的　　confuse〔kən'fjuz〕*v.* 使困惑
break〔brek〕*v.* 打斷　　routine〔ru'tin〕*n.* 例行公事
daily routine 每天要做的事情

《國外試題引證》

After giving such a wonderful speech, *it is* _____ *that* Joyce will win the election.

(A) impossible　(B) hardly　(C) nicely　(D) likely

【翻譯】 在發表了如此出色的演說之後，喬依思很有可能會贏得這次的選舉。

【註釋】 *give a speech* 發表演說　　election〔ɪ'lɛkʃən〕*n.* 選舉

句型 8

《公式 13 》 **It seems that**… 「似乎…」

《公式 14 》 **It happens that**… 「碰巧…」

【背誦佳句】 *It seems that* you know a lot about it. 你似乎知道很多關於它的事。

【背誦佳句】 *It happened that* I had no money with me. 碰巧我身上沒有帶錢。

§公式解析

1 It seems that A~ 可以代換成 **A seems to**~ ，作「A 似乎~」解，但代換時要注意時式的一致。

{
It seems that he *is* tired. (他似乎累了。)
= *He seems to* be tired.【指現在】
}

{
It seemed that he *was* tired. (他似乎累了。)
= *He seemed to* be tired.【指過去】
}

{
It seems that you (*have*) *finished* it.
= *You seem to* have finished it.【指過去或現在完成】
(你似乎已經把它做完了。)
}

{
It seemed that you *had finished* it.
= *You seemed to* have finished it.【指過去完成】
(你似乎已經把它做完了。)
}

2 It happens that A～ 可以代換成 **A happens to～**，作「A 碰巧～」解。

> *It happened* that I *saw* him there.
> = *I happened to* see him there.
> （我碰巧在那裡看到他。）

§舉一反三

1 It seems that 亦可用 **It would seem that** 表示，只是後者較為客氣拘謹。

【例】 *It would seem that* he is unable to solve the problem.（他看來好像不能解決這個問題。）

───《考前實力測驗》───

　　It so *happened that* a mouse had just been caught in the trap.

【翻譯】 碰巧有一隻老鼠被捕鼠機抓住了。

【解析】 **It so happened that**「碰巧…」，so 爲副詞，修飾 happened。

【註釋】 trap〔træp〕*n.*（附有彈簧裝置）的捕捉機

句型 9

《公式 15》　**find it impossible to~**
　　　　　　　「覺得~是不可能的」

《公式 16》　**think it important that···**
　　　　　　　「認為···是重要的」

【背誦佳句】　I found *it* impossible *to* go any further.
　　　　　　　我覺得再走下去是不可能的。

【背誦佳句】　I think *it* important *that* we keep this a
　　　　　　　secret.　我認為保守這個秘密是很重要的。

§公式解析

[1] it 做**形式受詞**，代替後面所要說的**不定詞**，通常用於有形容詞做受詞補語時。

　【例】She found *it* amusing *to play* with the cat.
　　　　（她發現和貓一起玩很有趣。）

　⇨ **名詞**也可以做受詞補語，如：

　He made *it* a rule *to clean* his room on Sunday.
　（他經常在星期天打掃房間。）

　⇨ 不定詞亦可用**動名詞**代替，如下例：

　They consider *it* pretty dull *living* in the country.
　（他們認為住在鄉下相當無聊。）

2 it 做形式受詞，代替後面所要說的**名詞子句**，通常亦要有形容詞做受詞補語。

【例】 I want to make *it clear* *whether you still love me or not*. (我要弄清楚你是不是還愛我。)

I consider *it true* *that he is a hypocrite*.

(我認為他真的是個偽君子。)

§ 舉一反三

1 句型結構：

$$
\text{主詞} +
\left\{
\begin{array}{ll}
\text{believe} & \text{make} \\
\text{consider} & \text{regard} \\
\text{count} & \text{suppose} \\
\text{deem} & \text{take} \\
\text{feel} & \text{think} \\
\text{find} & \vdots \\
\text{imagine} &
\end{array}
\right\}
+ \text{it} + \text{受詞補語} +
\left\{
\begin{array}{l}
\text{to V.} \\
\text{V-ing} \\
\text{that 子句}
\end{array}
\right.
$$

《考前實力測驗》

I found *it* impossible *to* move the stone away from the middle of the road.

【翻譯】 我覺得要把路中間的石頭搬走是不可能的。

【解析】 **find it impossible to**~「覺得~是不可能的」。

【註釋】 *move~away* 把~移開

─── 《考前實力測驗》 ───

We think *it* very important *that* students should read good books.

【翻譯】 我們認爲學生讀好書是很重要的。

【解析】 **think it important that**…「認爲…是重要的」。

─── 《聯考試題引證》 ───

Windshield wipers save lives and *make it easier to drive* through storms.
【日大】

【翻譯】 汽車雨刷能挽救生命，並且使汽車在暴風雨中行進更容易。

【解析】 **make + it + easier**（受詞補語）**+ to V.**

【註釋】 windshield〔'wɪnd,ʃild〕*n.*（汽車）擋風玻璃
windshield wiper　（汽車）雨刷
storm〔stɔrm〕*n.* 暴風雨

句型 10

《公式 17》 **that of**～「～的那種」

《公式 18》 **those who**…「…的人們」

【背誦佳句】 The climate of the island is like *that of* Taiwan. 那個島的氣候很像台灣。

【背誦佳句】 *Those who* are content are happy. 知足常樂。

§公式解析

1. that 在此做為避免重複的代名詞，等於「the + 單數名詞」。those of～ 也有相同用法，此時 those 等於「the + 複數名詞」。**this** 和 **these** 則無此用法。

   【例】 His dress is *that* (= *the dress*) of a gentleman, but his speech and behavior are *those* (= *the speech and behavior*) of a clown.

   （他的服裝是紳士的服裝，但言行卻是小丑的言行。）

2. **those who** 等於 **the people who**，由 who 所引導的形容詞子句，必須用**複數動詞**來修飾 those。而 he who (that) 則是文言用語。

   【例】 *He that* runs may read. （在跑步的人也能看懂。）

   ⇨ 但在**詩歌或諺語**中，往往將形容詞子句的先行詞省略，只留下關代 who。

   Who (= *He who*) *never climbs* will never fall.

   （不登高的人，就不會跌下來。）

§舉一反三

1 one of 則等於「a(an) + 單數名詞 + of」，有時 one 可省略。

【例】 This is a point of grammar rather than (*one*) *of* idiom. (這一點是文法問題，而不是片語問題。)
= This is a point of grammar rather than *a point of* idiom.

2 $\left.\begin{array}{l}\text{those who}\\\text{they who}\end{array}\right\}$ + V. (複數) = $\left\{\begin{array}{l}\text{he who}\\\text{one who}\end{array}\right.$ + V. (單數)

【例】 *Those who* like borrowing, *dislike* paying.
= *One who* likes borrowing, *dislikes* paying.
(喜歡借的人不喜歡還。)

《聯考試題引證》

中譯英：請將下題譯成英文。
台北的生活水準比大陸高多了。　　　　　　　【夜大】

【答案】 The living standard in Taipei is much higher than *that* in mainland China.

【解析】 爲了避免「生活水準」重複出現，第二個 the living standard 要用 **that** 代替。
the living standard 生活水準(= *the standard of living*)；
mainland China 大陸 (= *the Chinese mainland*)。

─── 《聯考試題引證》 ───

As I look back on my own experience, I find the
teachers that I respect and think about the most are
those who demanded the most discipline from their
students.　　　　　　　　　　　　　　【日大】

【翻譯】 當我回顧自己的經歷時，發現我最尊敬、最常想到的老師，
是那些對學生要求最嚴格的老師。

【解析】 As…experience 是副詞子句，修飾 find，表時間。who…
students 是形容詞子句，修飾其先行詞 those。

【註釋】 *look back on* 回顧　　discipline〔'dɪsəplɪn〕*n.* 紀律

─── 《聯考試題引證》 ───

Of *those who* read such materials, 25 percent liked to
read comics, 20 percent fables and stories, …. 【日大】

【翻譯】 在閱讀這些材料的學生當中，百分之二十五喜歡看漫畫
書，百分之二十喜歡閱讀寓言和故事，…。

【解析】 those who = the people who。

【註釋】 material〔mə'tɪrɪəl〕*n.* 材料
comics〔'kamɪks〕*n. pl.* 漫畫
fable〔'febl〕*n.* 寓言

句型 11

《公式 19》　**nothing but**「只；不過」

《公式 20》　**do nothing but**～「只是～」

【背誦佳句】　John is *nothing but* a minor composer.
　　　　　　約翰只是個二流作曲家罷了。

【背誦佳句】　She *did nothing but* cry.
　　　　　　她只是哭。

§公式解析

1️⃣ nothing but 相當於副詞用法的 **only**。即 but 後面若接動詞，
其形式依**前面的動詞**而定。

　　【例】He thinks of *nothing but* going swimming.
　　　　　（他只想去游泳。）
　　　　　【think of 後面須接（動）名詞（*going*）】

2️⃣ do nothing but～ 作「只是～」解，後面須接**原形動詞**，不可
接動名詞或不定詞，其中 *but = except*。

　　Mary *does nothing but* laugh.（瑪麗只是笑。）【正】
　　Mary does nothing but *laughing*.【誤】
　　Mary does nothing but *to laugh*.【誤】

§舉一反三

1 nothing but 的代換句型如下：

nothing but = nothing else but【古老用法】

= nothing else than

= nothing more than

= little more than = only (merely ; simply)

2 「do nothing but + 原形動詞」的代換句型如下：

do nothing but + 原形動詞

= not do anything but + 原形動詞

= can hardly do anything but + 原形動詞

《聯考試題引證》

We usually get *nothing but* complaints.　　【日大】

【翻譯】 通常我們所得到的只是抱怨。

【解析】 **nothing but = only**「只是」。

【註釋】 complaint〔kəmˈplent〕*n.* 抱怨

句型 12

《公式 21》 **as such**「以那個身分、資格」

《公式 22》 **such as ~**「例如;像是」

《公式 23》 **such ~ that…**「很 ~ 所以…;如此 ~ 以致於…」

【背誦佳句】 He is our leader, and should be
respected *as such*.

他是我們的領導者,應以那個身分受到尊敬。

【背誦佳句】 Sports *such as* baseball and football
are ball games.

像棒球和足球這樣的運動,都是球類運動。

【背誦佳句】 She had *such* a fright *that* she fainted.

她嚇得昏倒了。

§公式解析

1 as such 中的 such,做**代名詞**用,指「如此的身分或資格」,
主要用於文章中,口語中很少用。

【例】 I am a gentleman, and will be treated *as such*.

= I am a gentleman, and will be treated *as a
gentleman*.

(我是紳士,因此我會受到紳士般的待遇。)

⇨ as such 亦可作「**本身**」解,等於 **in itself**。

【例】 History *as such* is too often neglected.

(歷史本身往往被忽視。)

2 「such as + 名詞」等於 **for example** 和 **for instance**，作「例如；像是」解。

【例】 He knows many languages, ***such as*** Chinese, German, and French.

（他會很多語言，例如中文、德文，和法文。）

3 在「such～that…」的句型中，that 引導副詞子句修飾前面的**相關形容詞** such，表結果。such 在此是形容詞，後接名詞，或在 be 動詞之後，做主詞補語。

【例】 She spoke with ***such eloquence that she moved the audience to tears***.

（她口才很好，以致聽衆感動得落淚。）

The shock was ***such*** that he was almost go crazy.
（因爲打擊太大，他差點發狂。）

【such = so great，在此當主詞補語】

⇨ 在口語中，such 後字群不太長時，that 可以省略。

【例】 It was ***such*** a lovely day (*that*) everybody was feeling happy.

（那眞是美好的一天，大家都感到高興。）

⇨ 在此句型中，若省略了 that 所引導的副詞子句，則 such 表示**感嘆**。

【例】 We had ***such*** a good time!（我們玩得多愉快啊！）
= ***What*** a good time we had!

⇨ such～that…和 such～as…的結構不同，that 爲**連接詞**，引導副詞子句；as 爲**準關係代名詞**，引導形容詞子句。

【例】 It is *such* a heavy stone *that he can't lift it*.
（它是塊那麼重的石頭，以致於他抬不動。）

It is *such* a heavy stone *as he can't lift*.
（那是塊他抬不動的大石頭。）

【準關代 as 除了引導形容詞子句，修飾先行詞 stone 外，在子句中還做 lift 的受詞】

§舉一反三

1 such～that…與 so～that…的比較：

① **so** 為**副詞**，後面可接動詞、形容詞、副詞，而 **such** 為**形容詞**，後面只可接名詞。

【例】 He is *so honest* (*or such an honest man*) that everybody trusts him.
（他是如此誠實，以致於大家都信任他。）
【so 修飾 honest；such, an 和 honest 都是修飾 man 的形容詞】

Man is *so created* that he lives with woman.
（男人是被創造來和女人共同生活的。）
【so 接動詞 created】

He spoke *so rapidly* that we could not understand him. 【so 接副詞 rapidly】
（他說得太快，以致於我們聽不懂。）

② 「such + 形容詞 + 不可數名詞或複數可數名詞 + that…」的句型不可用 so～that…來代換。so～that…是用於「so + 形容詞 + a + 單數可數名詞 + that…」的句型。

It is *such* nice weather that I don't like to stay at home to study.【正】

It is *so* nice weather that I don't like to stay at home to study.【誤】

（天氣這麼好，我不想待在家裡唸書。）

《考前實力測驗》

He is a child, and must be treated *as such*.

【翻譯】 他是一個小孩，所以必須被當作小孩對待。

【解析】 **as such**「以那個身分、資格」。

《聯考試題引證》

The family is still the "world" in some cultures. But in many cultures, these former functions of the family have largely been taken over by other institutions, *such as* schools, churches, and governments.　【日大】

【翻譯】 在某些文化體系中，家庭仍然等於「世界」。但在許多文化體系中，這些早期屬於家庭的功能，大多已經爲其他機構所接管，如學校、教堂，和政府。

【解析】 **such as** ～「例如～；像是～」。

【註釋】 function〔'fʌŋkʃən〕*n.* 功能；功用　　*take over* 接管；接收
institution〔͵ɪnstə'tjuʃən〕*n.* 機構

《聯考試題引證》

請從下題的四個答案中，選出一個正確的答案：

It is ***such*** a good opportunity ＿＿＿＿ you should not miss it.

(1) as　(2) that　(3) which　(4) of　　　　【夜大】

【答案】　(2)

【翻譯】　這是個很好的機會，你不該錯過。

【解析】　**such ～ that …**「如此～以致於…」。

　　　　　(3) you should not miss it 為完整子句，不用先行詞 as 或 which。

　　　　　(4) of 不能接子句。

《聯考試題引證》

Fiction is the name we use for stories that are make-believe, ***such as Harry Potter*** or *Alice in Wonderland*.　　　　【日大】

【翻譯】　我們用小說這個名稱來稱呼虛構的故事，例如「哈利波特」或是「愛麗絲夢遊仙境」。

【解析】　**such as ～**「例如～」。

【註釋】　fiction〔'fɪkʃən〕*n.* 小說
　　　　　make-believe〔'mekbə‚liv〕*adj.* 虛構的

句型 13

《公式 24》 **the one~, the other**…「前者~，後者…」

《公式 25》 **A is one~, B is another**

「**A 是一回事，B 是另一回事**」

【背誦佳句】 I like the British student, but I don't like the American student very much. ***The one*** speaks English very slowly, but ***the other*** speaks too fast.

我喜歡英國學生，但我非常不喜歡美國學生。前者英語說得很慢，但後者說得太快。

【背誦佳句】 Knowing is ***one*** thing, (and) teaching is quite ***another***.

懂是一回事，教又是另一回事。

§公式解析

1 the one 指「**前者**」，the other 指「**後者**」。

the one~, the other…「前者~，後者…」

= the former~, the latter…

= that~, this… 【that 指遠的那個 (前者)；this 指近的這個 (後者)】

但要注意的是，「前者、後者」若為**複數**，則 that~, this…就要改為 **those~, these**…，而 the former~, the latter…則可表示單數或複數。

⇨ 【比較】one~, the other…「一個~；另一個…」：one 用來代替**兩人**或**兩物**中的一個，the other 則代替剩下來的另一個。

【例】 We have two dogs; *one* is white, and *the other* black. (我們有兩隻狗；一隻是白的，另一隻是黑的。)

若有三隻狗，則用 **one**···, **another**···, **the other**··· ，或 **one**···, **the others**··· 表示。

②　A is one thing, (*and*) B is another，作「A 是一回事，B 又是另一回事」解，其中的 and 可以省略，若要**加強語氣**，則 another 前可以加上 *quite*。

§舉一反三

①　與本公式相關的其他句型：

　　① some···, others··· = some···, some··· (有些···，有些···)

　　② some···, others···, still others···
　　　　(有些···，有些···，還有一些···)

　　③ others = other people (其他人)

　　④ the others = the rest (其餘的人或物)

---《國外試題引證》---

Thirty percent of the students in my class are girls and *the others* are boys.

【翻譯】 我班上有百分之三十的學生是女生，而其餘的都是男生。

【解析】 **the others**「其餘的」。

句型 14

《公式 26》 **what = the thing(s) which**

《公式 27》 **and that~**「而且~」

【背誦佳句】 Tell me *what* has happened.
告訴我發生了什麼事。

【背誦佳句】 I want you to go out, ***and that***
immediately.
我要你出去，而且是馬上出去。

§公式解析

1 what 是本身兼做先行詞的關係代名詞，通常和 **the thing(s)**
which 或 **that** (*or* **those**) **which** 相等，但有時相當於 **all that**，
這樣的**複合關係代名詞**通常引導**名詞子句**。

【例】 I know *what* (= *the thing which*) you want.
（我知道你所要的東西。）

He saves *what* (= *all that*) he earns.
（他把他的所得全部存起來。）

⇨ what 做附屬疑問代名詞與關係代名詞很相像，要根據上下
文來判斷。

【例】 He didn't know *what* I wanted.（他不知道我要什麼。）
【what 作「什麼」解時，是附屬疑問代名詞】

He gave me *what* I wanted.
（他給了我所需要的東西。）
【what = the thing that 時，是關係代名詞】

2 and that～ 句型中的 that 是**代名詞**，可代替前一個句子的全部，
或代替句子的某一部份，這種句型有**加強語氣**的作用。

【例】 She came at noon, ***and that*** alone.

（她正午來，而且一個人來。）

【that 代替 She came at noon】

I have lost a book, ***and that*** the one I bought only
the other day.【that 代替 I have lost】

（我掉了一本書，而且是前幾天才買的那一本。）

§ 舉一反三

1 常見的複合關係代名詞除了 what 之外，還有 **whoever** = anyone
who (that)，**whosever** = anyone whose，**whomever** = anyone
whom，**whatever** = anything that，**whichever** = either of the
two that 或 any one of them that。

【例】 You may invite ***whomever*** (= anyone whom)
you like.

（你可以邀請你所喜歡的任何人。）

⇨ 複合關係代名詞（除了 what）也可以引導表**讓步的副詞子
句**，作「無論」解，相當於 **no matter** + (who, whose,
whom, what, which)。

【例】 ***Whoever*** (= No matter who) may desert you,
I will help you to the last.

（無論誰棄你不顧，我都會幫你到底。）

《聯考試題引證》

Jane: Thank you for the present. It was just *what* I
wanted.

Tom: I am glad you like it.　　　　　　　【日大】

【翻譯】　珍：謝謝你的禮物。這正是我想要的。

　　　　　湯姆：我很高興妳喜歡它。

【解析】　**what = all that = the thing which**

《聯考試題引證》

請從下題的四個答案中，選出一個正確的答案：

I saw him once and ＿＿＿＿＿ ten years ago.

(A) this　　(B) it　　(C) which　　(D) that　　【夜大】

【答案】　(D)

【翻譯】　我十年前見過他一次。

【解析】　**and that + 副詞（片語）**「而且…」，that 是指示代名
　　　　　詞，代替前面的子句 I saw him once。

句型 **15**

《公式 28》 **something of a~**「可以說是個~」

【背誦佳句】 He's *something of a* musician, but not much of a painter.

他可以說是個音樂家，但算不上是個畫家。

§ 公式解析

1 類似本句型的其他類例，還有 **nothing of**「沒有一點~」，**much of**「很像~」等。

【例】 Mr. Smith is *nothing of a* scholar.

（史密斯先生沒有一點學者風範。）

⇨ 若用在否定句或條件句時，則要以 **anything** 代替 **something**。

【例】 If he is *anything of a* gentleman, he will pay the money.

（如果他還像個紳士，他會付錢的。）

§ 舉一反三

1 something of a 的代換句型：

be something of a + 名詞

= have something of a + 名詞 + in + 代名詞

【例】 He *is something of a* philosopher.

= He *has something of a* philosopher *in him*.

（他可以說是個哲學家。）

第 **2** 章 ▶實力測驗題

一、中翻英:

1. 在星期五以前,把你的車子修好,是絕對必要的。　　【日大】

_____

2. 天曉得他下次會說些什麼。　　　　　　　　　　　【日大】

_____

3. 犯錯的人應該受罰。

_____

4. 幸福的藝術,像繪畫的藝術一樣,愈早學愈好。　【台中女中】

_____

5. 難怪他生意失敗。

_____

二、英翻中:

1. He is *anything but* an artist.　　　　　　　　【台中一中】

_____

2. *It is* necessary *that* you apologize to me.

_____

3. *It seems that* we are back to *square one* again.　　【夜大】

_____

4. I found *it* pleasant *to* work with such nice people.

【蘭陽女中】

_____

5. *It happened that* I was free that afternoon.

_____

三、短文翻譯：

下列 5 題為一則短文，請將各題的中文譯成英文，文長共 80 個單詞（words）左右。

1. 對某些人而言，要他們盡全力是不可能的。

_____

2. 他們認為要功成名就就非常困難，因此他們終日嬉戲。

_____

3. 他們忽略了一個事實：天助自助者。

_____

4. 一個遊戲人間，不務正業的人，只是個廢物罷了。

_____

5. 的確，勤勉是一個人一生中最寶貴的資產。

_____

第 2 章 實力測驗詳解

一、中翻英：

1. *It's* absolutely necessary *to have* your car *fixed* before [by] Friday.

2. *Heaven knows what* he'll say next time.

3. *Those who do wrong* deserve punishment.

4. The art of happiness, like *that of* painting, should be learned *as early as possible*.

5. (*It is*) no wonder (*that*) he failed in his business. (*or It is* no wonder *that* he *should have failed* in his business.)

二、英翻中：

1. 他絕不是個藝術家。
2. 你必須向我道歉。
3. 看來我們又得從頭再來了。
4. 我覺得和這樣親切的人們一起工作，是很令人愉快的。
5. 那天下午我剛好有空。

三、短文翻譯：

1. *It's* impossible *for some people to* do their best.

2. They find *it* difficult *to make their way* in life, so they *fool around* all day long.

3. *What* they neglect is the fact that God helps *those who* help themselves.

4. A man who *does nothing but* play is *nothing but* a piece of trash.

5. *It is* true *that* diligence is the most precious *asset* in life.

第 3 章

形容詞・副詞 Adjective・Adverb

句型 16

《公式 29 》 **the** + 形容詞「～的人」

《公式 30 》 **the** + 形容詞 = 抽象名詞

【背誦佳句】 *The wealthy* are often misers.
富有的人通常是守財奴。

【背誦佳句】 *The beautiful* are better than the true
and the good. 美比眞、善更好。

§公式解析

1 「the + 形容詞」可做爲**單數**或**複數**的普通名詞，表示「～的人」。

【例】 *The learned* are apt to despise *the ignorant*.

（有學問的人往往輕視無知的人。）

【做複數名詞：the learned = learned people，
the ignorant = ignorant people】

The accused was acquitted of the charge.

（被告已無罪開釋了。）【做單數名詞，故動詞用 was。】

2 「the + 形容詞 = 抽象名詞」，如：

【例】 *the beautiful* = beauty（美）

the true = truth（眞理）

⇨ 「the + 形容詞」亦可表示「～的部分」，如：

【例】 *the white* of the eye（白眼球）

the yellow of the egg（蛋黃）

§舉一反三

1　「the + 形容詞 = 複數普通名詞」之常見類例：

the poor（窮人）、the blind（盲人）

the sick（病人）、the brave（勇敢的人）

⇨ 其他可做單數普通名詞之類例：

the Almighty（全能的主）、the deceased（死者）

2　「the + 形容詞 = 抽象名詞」之常見類例：

the sublime = sublimity（高尚）

the good = goodness（善）

《聯考試題引證》

To *the curious* and *the courageous*, the sea still presents the challenge of *the unknown*, for ignorance is still the distinguishing characteristic of man's relation to the sea.　　　　【夜大】

【翻譯】 對於好奇者和勇者而言，海洋仍提出未知的挑戰，因為無知仍然是人類和海洋關係的顯著特徵。

【解析】 the curious 和 the courageous 是「the + 形容詞 = ～的人」；the unknown 是「**the** + 形容詞 = 抽象名詞」。

【註釋】 curious〔'kjʊrɪəs〕*adj.* 好奇的

courageous〔kə'redʒəs〕*adj.* 勇敢的

ignorance〔'ɪgnərəns〕*n.* 無知

distinguishing〔dɪ'stɪŋgwɪʃɪŋ〕*adj.* 顯著的；特殊的

characteristic〔,kærɪktə'rɪstɪk〕*n.* 特徵

句型 17

《公式 31 》 **be sure to~**「必定~」

《公式 32 》 **be sure of~**「確信~」

【背誦佳句】 You *are sure to* succeed.
你必定會成功。

【背誦佳句】 You *are sure of* your success, aren't
you? 你確信你會成功，不是嗎？

§ 公式解析

1 be sure to 後面接**原形動詞**，表說話者對主詞的客觀看法，作
「一定」解。

【例】 You *are sure to* succeed. (你必定會成功。)
= *I* am sure *that you will succeed.*

⇨ sure 可代換成 *certain*。

【例】 The plan *is sure to* be realized.
(這計劃一定會實現。)
= The plan *is certain to* be realized.
= It is certain that the plan will be realized.

2 be sure of 後面可接**名詞、代名詞**或**動名詞**，表主詞的主觀看
法，作「確信」解。

【例】 You *are sure of* your success, aren't you?
= You are sure *that you will succeed*, aren't you?
(你確信你會成功，不是嗎？)

⇨ sure 亦可代換成 *certain*，如：

【例】I *am sure of* your success.

（我確信你會成功。）

= I *am certain of* your success.

⇨ 【比較】**be afraid to** 與 **be afraid of** 在意義上稍有不同，前者表示因害怕某結果而**不敢去做**，後者則是**擔心或害怕某種行動**。

【例】Mary *is afraid to* stroke the cat.

（瑪麗不敢摸貓。）

Mary *is afraid of* being scratched by the cat.

（瑪麗擔心被貓抓傷。）

§ 舉一反三

1> be sure to 和 that 子句的代換：

【例】He *is sure to* come.（他一定會來。）

= I am sure that he will come.

2> be sure of 和 that 子句的代換：

【例】He *is sure of* living to eighty.

= He is sure that he will live to eighty.

（他確信自己會活到八十歲。）

――《聯考試題引證》――――――――――

請從下題的四個答案中，選出一個切合題意的答案：

Mike is too weak. He can't work. I'm *sure of* this.

(1) I'm sure that Mike is too weak to work.

(2) I'm sure of Mike being too weak to work.

(3) I'm sure of that Mike is too weak to work.

(4) I'm sure that Mike is weak enough to work. 【夜大】

【答案】 (1)

【翻譯】 邁可太虛弱了，無法工作。我相信這是眞的。

【解析】 (1) *too…to~* 「太…而不能~」

(2) be sure of + 名詞

(3) be sure that + 子句，故應去掉 of

(4) *…enough to~* 「夠…足以~」，不合題意。

――《國外試題引證》――――――――――

Be sure to take out the trash before 9:00.

【翻譯】 一定要在九點之前把垃圾拿出去。

【解析】 **be sure to** 「一定」。

【註釋】 *take out* 拿出去　　trash 〔træʃ〕 *n.* 垃圾

句型 **18**

《公式 33 》 **as good as~**

《公式 34 》 **all but~**　　「幾乎~」

【背誦佳句】 He is *as good as* dead.

　　　　　　他幾乎和死了一樣。

【背誦佳句】 I'm *all but* ready. 我幾乎準備好了。

§公式解析

1　as good as 當**副詞**用，作「幾乎；像~一樣」解。

　【例】 He *as good as* promised it to me.

　　　　（他幾乎是答應過我了。）

　⇨ as good as 若當**形容詞**用，則作「和~一樣好」解。

　【例】 This watch is *as good as* that one (*is*).

　　　　（這只錶和那只一樣好。）

2　all but 當**副詞**，和 as good as 同義，都作「幾乎」解。

　【例】 He *all but* died of his wounds.

　　　　（他幾乎傷亡。）

　⇨ all but 若接**名詞**，則 but 的意義等於 **except**（除了~之外）。

　【例】 *All but* John showed much interest in this proposal.

　　　　（除了約翰之外，大家都對這個提議很感興趣。）

§舉一反三

1 類例：

【例】 I will let you have a geography book that is not new.
It is *as good as* a new one.

（我會給你一本不是新的地理書，但它像新的一樣好。）

2 類例：He is *all but* nude. （他幾乎赤裸。）

《聯考試題引證》

One Saturday afternoon, I hauled the machine into
the garden and had a close look at it.　As far as I could
see, it only needed a minor adjustment: a turn of screw
here, a little tightening up there, a drop of oil and it
would be *as good as* new.　　　　　　　【夜大】

【翻譯】 一個星期六的下午，我把機器拖到花園，仔細地檢查了一
下。就我所知，它只需稍稍的調整：這兒把一個螺絲轉一
轉，那兒稍微鎖緊一下，再上點油，它就會像新的一樣。

【解析】 **as good as**～「幾乎～；像～一樣」。

【註釋】 haul〔hɔl〕v. 拖；拉　　　*as far as*…　就…
minor〔'maɪnɚ〕adj. （數量、大小、程度等）較小的
adjustment〔ə'dʒʌstmənt〕n. 調整
screw〔skru〕n. 螺絲（釘）

───《聯考試題引證》───

從下題的四個答案中，選出一個錯誤的答案：

He *all but* broke the record.

(A) He almost broke the record.

(B) He didn't break the record.

(C) He at last broke the record.

(D) He nearly broke the record.　　　　【日大】

【答案】(C)

【翻譯】他幾乎打破紀錄。

【解析】**all but** = (A) **almost** = (D) **nearly**「幾乎」。

【註釋】*break the record* 打破紀錄

───《國外試題引證》───

The painters are _____ done. We can move in tomorrow.

(A) as nearly　　　(B) as good as

(C) as sure as　　　(D) as well

【答案】(B)

【翻譯】這些油漆工人快要完工了。我們明天就可以搬進來了。

【解析】**as good as**「幾乎」。

【註釋】painter〔'pentɚ〕*n.* 油漆工人　　move〔muv〕*v.* 搬家

句型 19

《公式 35》 **only too~**「非常~」

《公式 36》 **all too~**「太~」

【背誦佳句】 I'm *only too* glad to be able to help
you. 我非常高興能幫助你。

【背誦佳句】 The vacation ended *all too* soon.
假期結束得太快了。

§ 公式解析

1 too~to V.句型中的不定詞，原本是具有否定的意味，**修飾 too**，
作「太~而不能…」解。但若在 too 前面加上了 **only**，則該不
定詞轉而修飾其前的形容詞，**不再具有否定的意味**。

【例】 I'll be *only too pleased to* come here.
= I'll be *very* pleased to come here.
（我會非常高興來到這裡。）

2 all too~的情形與公式 35 是一樣的，可看作 too~to 句型的
例外。

§ 舉一反三

1 除了 only too~和 all too~外，還有 but too~, really too~
亦具有 **very** 的意思。

【例】 You are *really too* kind. （你真仁慈。）
= You are *very* kind.

Her first love came to an end *but too* soon.

= Her first love came to an end *very* soon.

（她的初戀結束得太快了。）

2️⃣ never (not) too～to V. 「不會太～而不能…」，此句型中的不
定詞，仍具有**否定**的意味，請看例句：

【例】 One is never *too* old *to* learn.

（活到老，學到老。）

3️⃣ too～not to V. 「非常～不會不…」，此句型是**雙重否定**，表
肯定意義。請看：

【例】 This was *too* great an honor *not to* excite the envy
of his rivals.

（這是一個非常大的榮譽，不會不引起他的對手們的嫉
妒。）【這個榮譽會引起對手的嫉妒】

《國外試題引證》

It's *never too* late *to* make a new start.

【翻譯】 重新開始永遠不嫌晚。

【解析】 **never too～to V.** 「不會太～而不能…」。

句型 20

《公式 37》 be used to +（動）名詞「習慣於～」

【背誦佳句】 I *am used to* staying up late.
我習慣熬到深夜。

§ 公式解析

1 be used to +（動）名詞，to 是**介詞**，used 是**形容詞**。

⇨ be used to、get used to，和 used to 的比較：

① *be used to*～作「習慣於～」解，後接**名詞**或**動名詞**。
【例】 He *is used to* getting up early.（他習慣早起。）

② *get used to*～作「逐漸習慣～」解，後接**名詞**或**動名詞**。
【例】 I gradually *got used to* the vegetarian diet.
（我逐漸習慣素食。）

③ *used to*～作「以前」解，表過去的習慣，後接**原形動詞**。
【例】 He *used to* get up early.（他以前起得很早。）

§ 舉一反三

1 有關 be used to 或 get used to…的句型，整理如下：

① 主詞 + *be used to* + 動名詞或（代）名詞「習慣於」
= 主詞 + *be accustomed to* + 動名詞或（代）名詞

② 主詞 + *get used to* + 動名詞或（代）名詞「對…逐漸習慣」
= 主詞 + *become accustomed to* + 動名詞或（代）名詞

③ 主詞 + *used to* + 原形動詞「以前（表過去的習慣）」

《聯考試題引證》

請從下題的四個答案中，選出一個正確的答案：

I ((1) am used to (2) used to (3) getting used to (4) use to)
taking a cold bath every morning.　　　【夜大】

【答案】　(1)

【翻譯】　我習慣每天早上洗冷水澡。

【解析】　**be used to** + （動）名詞「習慣於～」
　　　　(2) used to + 原形動詞「以前（表過去的習慣）」。

《聯考試題引證》

I suppose it's all right when you *get used to* it but I find
new machines so intimidating, don't you?　　　【日大】

【翻譯】　我想當你習慣它的時候就好了，但是我覺得新機器蠻嚇人
　　　　的，不是嗎？

【解析】　**get used to**～「逐漸習慣」

【註釋】　intimidating〔ɪnˈtɪmə͵detɪŋ〕*adj.* 嚇人的

第 3 章 ▶ 實力測驗題

一、中翻英：

1. 別忘了一定要在文件上簽你的名字。 【嘉中】

_____

2. 他是個有名無實的國王。 【建中】

_____

3. 你確信他會來嗎？ 【花蓮女中】

_____

4. 有錢人未必快樂。

_____

5. 我習慣早上八點吃早餐。

_____

二、英翻中：

1. *Wherever* there is a quarrel, there he is *sure to* be.

【台中一中】

_____

2. He is *as good as* his word. 【建中】

_____

3. I shall be *only too* glad to come. 【新竹中學】

_____

4. He *is used to* taking *sleeping pills* before going to bed.

_____

5. The child was *all but* run over by the tram.

_____

三、短文翻譯：

下列 5 題為一則短文，請將各題的中文譯成英文，文長共 80 個單詞（words）左右。

1. 他非常仁慈，常捐錢給窮人。

_____

2. 雖然他過去很富有，現在卻幾乎破產了。

_____

3. 他現在可以說是個有名無實的富翁。

_____

4. 他非常樂意去幫助別人，但卻沒有得到任何回報。

_____

5. 喔！他因病而瀕臨死亡邊緣，卻沒有任何人幫助他。

_____

第 3 章 實力測驗詳解

一、中翻英：

1. *Be sure to* put your signature *to* the document before you forget it.

2. He is *all but* a king.

3. Are you *sure of* his coming?

4. *The rich* are not always happy. (*or The rich* are not necessarily happy.)

5. I *am used to* having breakfast at 8 a.m.

二、英翻中：

1. 無論何處有口角，他一定在場。　　2. 他言出必行。

3. 我很樂意來。　　4. 他在上床睡覺前，總要先吃安眠藥。

5. 那孩子幾乎被電車輾過。

三、短文翻譯：

1. He was kind, and he *was used to* donating his money to the poor.

2. Though he *used to* be rich, he is *all but broke* now.

3. He is *all but* a millionaire now.

4. He was *all too* glad to help others, but he got nothing *in return*.

5. Oh! Because of illness, he is *as good as* dead, and no one helps him. (*or* Because of sickness, he is *verging on* [toward] death, but nobody helps him.) (*or*…, he is *on the verge of* death, …)

第 **4** 章

助動詞　Auxiliary

句型 21

《公式 38 》 **may well~**「大可以~;很有理由~」

《公式 39 》 **may as well~**「不妨~」

《公式 40 》 **may as well~as…**「與其…不如~」

【背誦佳句】 You *may well* be proud of your son.
　　　　　　你大可以你的兒子爲傲。

【背誦佳句】 You *might* just *as well* talk to your father.　你不妨和令尊談談。

【背誦佳句】 You *might as well* throw your money away *as* lend it to such a man.
　　　　　　與其借錢給這樣一個人,你不如把錢扔掉。

§公式解析

1 **may well** + 原形動詞 = **have good reason to** + 原形動詞,
作「大可以;很有理由」解,句中的 well 可調至句首,形成倒裝。

　【例】 You *may well* say so. = *Well may you* say so.
　　　　（你有足夠的理由這樣說;你說得對。）

2 may as well 最常解作「不妨」,後接**原形動詞**。有時也解爲「最好」,等於 had better,但語氣較弱。

　【例】 You *may as well* see the doctor at once.
　　　　（你最好立刻去看醫生。）

3 may as well～as…，後面須接**原形動詞**，作「與其…不如～」解。

【例】One *may as well* not know a thing at all *as* know it, but imperfectly.

（對事情一知半解，<u>猶如</u>完全不知。）

【上句如果用「與其…不如～」來翻譯，則句意不通。】

⇨ may as well A as B，如果暗示 A、B 兩件事皆不可行時，習慣上用 **might** 而不用 **may**，譯作「A 和 B 都是不可能的」。

【例】You *might as well* ask for the moon *as* for money.

（你要錢和要月亮一樣是不可能的。）

You *might as well* look for a fish in a tree *as* ask him for help.

（求他幫忙，就如同緣木求魚一樣不可能。）

§ 舉一反三

1 may well 的代換句型：

may well + 原形動詞
= have good reason to + 原形動詞
= be justified to + 原形動詞
　（justify（'dʒʌstə,faɪ）v. 證明～為正當）
= be very likely to + 原形動詞

2 may as well + 原形動詞 A… + as + 原形動詞 B
= It + be 動詞 + better + for + 人 + to + 原形動詞 A

《聯考試題引證》

Hu Na plays tennis so well that, given the proper train-
ing, she *may well* become a creditable professional.

【夜大】

【翻譯】 胡娜網球打得這麼好，因此，如果給予適當的訓練，她理
所當然會成為廣受稱譽的職業選手。

【解析】 本題重點在 may well 的翻譯。句中的 given…training
是由副詞子句 if she is given…training 簡化而來的分詞
構句，修飾 become。

【註釋】 *so…that~* 如此…以致於~
creditable〔'krɛdɪtəbḷ〕*adj.* 可稱譽的
professional〔prə'fɛʃənḷ〕*n.* 職業選手

《聯考試題引證》

英譯中：在空格內填入適當的中文字，使中、英文句意相符。

If he persists in laziness, he *might as well* withdraw
from school.

如果他執意怠惰下去，_____。 【日大】

【翻譯】 如果他執意怠惰下去，倒不如退學算了。

【解析】 本題翻譯是在考兩個重點：
① might as well「不如；最好」 ② withdraw

【註釋】 *persist in* 堅持；執意 laziness〔'lezɪnɪs〕*n.* 怠惰
withdraw〔wɪθ'drɔ〕*v.* 退出；撤退

─《聯考試題引證》────

英譯中：請將下列英文譯成正確通順的中文。

You *might as well* reason with a wolf *as* try to talk him into helping you.　　　　　　　　　【專科】

【翻譯】　說服他幫忙你，就和試著與虎謀皮一樣不可能。

　　　　　（原意：與其說服他幫忙你，倒不如勸服狼算了。）

【解析】　本題翻譯是在考三個片語的翻譯：

　　　　　① might as well…as　　　② reason with

　　　　　③ talk *sb*. into + V-ing

【註釋】　*might as well*…*as*　與其…不如；…皆不可能

　　　　　reason with　勸服　　*talk sb. into + V-ing*　說服某人

─《國外試題引證》────

Jim *may well* get an A in the course if he does well on the final exam.

【翻譯】　如果吉姆的期末考考得好，那麼他理所當然會在這門課程拿到 A 的成績。

【解析】　**may well**「大可以～；很有理由～」。

【註釋】　*do well*　考得好　　*final exam*　期末考

句型 22

《公式 41》 **would rather ~ than**…「寧願~不願…」

《公式 42》 **would rather (that)**…「希望…」

【背誦佳句】 I *would rather* die *than* disgrace
myself. 我寧願死也不願受辱。

【背誦佳句】 I *would rather* you didn't say that.
我希望你沒有那樣說。

§公式解析

1) would rather ~ than… = would sooner ~ than。其中 rather
和 than 之後都必須接**原形動詞**。

⇨ would rather (sooner) + **have** + 過去分詞，表**過去時間**
的寧願。

【例】 I *would rather have drunk* ink *than* (*have drunk*)
the strange mixture he gave me.
（我寧願喝墨水，也不願喝他給我的那種奇怪的混合劑。）

2) would rather (that) …引導子句，表示「**願望**」的假設法。而
且只限於主要子句和 that 子句之**主詞不同時**，若前後主詞相同，
則直接用 would rather + **原形動詞**。

【例】 I *would rather* come later.（我寧願晚點來。）

⇨ 由於此句型是表「願望」的假設法，所以在 that 子句中，若
用**過去式**，則指**與現在和未來事實相反**；若用**過去完成式**，
則指**與過去事實相反**。

【例】 I *would rather* (that) you *stayed* at home now.

（我希望你現在留在家裡。）【與現在事實相反】

I *would rather* (that) you *came* tomorrow.

（我希望你明天來。）【與未來事實相反】

I *would rather* (that) you *had* not *gone* there.

（你要是沒去那裡就好了。）【與過去事實相反】

⇨ would rather (that)～ 相當於 **wish** (that)～，但是 wish
後面可以用 would, should, could, might 等助動詞，但
would rather 後面不可以。

> I would rather you *would* come tomorrow.【誤】
> I would rather you came tomorrow.【正】
> I *wish* you *would* come tomorrow.【正】
> （我希望你明天來。）

§ 舉一反三

1) would rather～than… 的代換：

would (*had*) rather (*sooner*)～than…
= would (*had*) as soon + 原形動詞 + as + 原形動詞
= prefer + （動）名詞 + to + （動）名詞
= prefer to + 原形動詞 + rather than + 原形動詞

《聯考試題引證》

請將下題的中文譯成英文：

貧而無諂，不如富而好禮。 【日大】

【答案】 One *would rather* be rich and courteous *than* (*be*) poor, though unfawning.

【解析】 **would rather～than…**「寧願～不願…」。

【註釋】 unfawning〔ʌnˈfɔnɪŋ〕*adj.* 不奉承的

《聯考試題引證》

Gorillas *would rather* use their power and frightening display to avoid trouble, not to make it. 【日大】

【翻譯】 大猩猩希望用牠們的力量，和嚇人的樣子，來避免麻煩，而非製造麻煩。

【解析】 **would rather**「希望…」。

【註釋】 gorilla〔gəˈrɪlə〕*n.* 大猩猩
display〔dɪˈsple〕*n.* 外表；樣子

句型 **23**

《公式 43 》　**used to~**；**would~**「以前~」

【背誦佳句】　He *used to* come here every day.
　　　　　　他以前每天來這裡。

§公式解析

1 used to + 原形動詞，表**過去**（**規則**）**的習慣**或某時期的狀態，但現今已不存在。在英國用法中，used 可當**助動詞**；但美國用法中，漸漸視 use 為一般動詞，用 **do** 形成疑問句和否定句。比較下面兩組例句：

Used he *to* go to church every Sunday?【used 做助動詞】
Did he *use to* go to church every Sunday?【use 做本動詞】
　（他以前每週日都去教堂嗎？）

He *usedn't to* make that kind of mistake.【used 做助動詞】
He *didn't use to* make that kind of mistake.【use 做本動詞】
　（他從前不犯那種錯誤的。）

⇨ **would** 有時候可代替 used to 表過去**重複發生的習慣**，但不可用來表示狀態。

【例】　The old man *would* go to the park every day to feed the birds.
　　　　（這個老人每天到公園餵鳥。）

⇨ used to 和 would 有下列三點區別：

① would 常和 every day, often, frequently 等副詞（片語）連用。

② 表**過去狀態**時，只能用 used to 而不能用 would。

【例】There ***used to*** be a hotel around here.

（從前這附近有間旅館。）【現在已不存在】

③ 過去和現在習慣**對比**時，要用 used to 而不用 would。

【例】I ***am*** not what I ***used to*** be.

（現在的我已經不是從前的我了。）

§舉一反三

1 be used to 是作「習慣於～」解，後須接（**動**）**名詞**，不可和 used to 混用（詳見句型 20）。比較下列兩句：

> He ***used to*** go to bed late at night.
> （他習慣晚睡。）【表示過去的習慣】
> He ***was used to going*** to bed late at night.
> （他已習慣晚睡了。）

《聯考試題引證》

請從下題的四個答案中，選出一個正確的答案：

He ＿＿＿＿＿ to look so tired and so despairing and so hopeless, and now he's all smiles and he looks twenty years younger.　　　　　　【夜大】

(A) was　(B) meant　(C) used　(D) ought

【答案】 (C)

【解析】 **used to** + 原形動詞「從前～」，表過去的狀態或習慣。

　　　　【例】 Every afternoon at three when Mary was about
　　　　　　 to start her violin lessons, I *used to* go out for
　　　　　　 a walk.【日大】

　　　　(A) was to 表「預定」。

　　　　(B) meant to 表「打算；預定」。

　　　　(D) ought to「應該」。

【註釋】 despairing〔dɪ'spɛrɪŋ〕*adj.* 絕望的
　　　　be all smiles 笑容滿面

───《聯考試題引證》───────

He ＿＿＿＿＿ enjoy seeing movies when he was a
younger man. Now he has turned to other kinds of
relaxation because the movies today are so full of
violence.　　　　　　　　　　【日大】

(A) used to　　　　(B) was used to

(C) was to　　　　(D) got used to

【答案】 (A)

【解析】 **used to** + 原形動詞「從前～」，表過去的狀態或習慣。

　　　　(B) was used to「習慣於」。

　　　　(C) was to「預定」。

　　　　(D) got used to「逐漸習慣」。

【註釋】 relaxation〔‚rilæks'eʃən〕*n.* 娛樂
　　　　violence〔'vaɪələns〕*n.* 暴力

句型 24

《公式 44》 助動詞的過去式 + **have** + 過去分詞

【背誦佳句】 The dog *would have bitten* you if it had not been tied up.

如果那隻狗沒被綁好的話，可能早就咬你了。

§ 公式解析

1 「助動詞的過去式 + have + 過去分詞」，用於假設法：

① **would** + **have** + 過去分詞，表「與過去事實相反的假設」，作「早就」解。

【例】 If I had known her telephone number, I *would have called* her.

（如果我知道她的電話號碼，我早就打電話給她了。）

② **should** + **have** + 過去分詞，表「與過去事實相反的假設」或「**過去應該做而未做**」兩種意義，作「早該」解。

【例】 If I had tried hard, I *should have succeeded*.

（如果我努力試過，我早該成功了。）

I *should have finished* my work.

（我早該做完我的工作。）【實際上還沒做完】

③ **could** + **have** + 過去分詞，用於假設語氣**條件子句**中，表「能力」；也可表示「**對過去能做而未做的事感到惋惜、遺憾**」，作「當時能夠」解。（屬於假設法，只是 if 子句未說出而已）。

【例】 If he *could have come*, she *would have been* very glad. (如果他當時能來的話，她一定很高興。)

He *could have joined* us, but he didn't get our invitation in time.

（要不是他沒能及時收到我們的邀請卡，他就會加入我們的。）

④ **might** + **have** + **過去分詞**，用於假設法中，表「與過去事實相反」；還可以表「**責備、忠告**」（**只能用在肯定句中**）。

【例】 John *might have lent* you the money if you had asked. (如果你當時向約翰開口，他會把錢借給你。)

You *might have let* us know beforehand.

（你大可事先讓我們知道呀！）【表責備】

§舉一反三

1 「助動詞 + have + 過去分詞」的用法：

① can(not) + have + 過去分詞，表「對過去之推測、可能」。

【例】 He *can not have said* so. (他不可能會這麼說。)

② may + have + 過去分詞，表「對過去的推測」。

【例】 She *may have been* beautiful once, but she is not anymore.

（她以前可能很漂亮，不過她現在再也不漂亮了。）

③ must + have + 過去分詞，表「對過去肯定的推測」；若用於假設語氣中，表「與過去事實相反」。

【例】 He *must have received* my letter, which was mailed a week ago. (他一定已經收到我一週前寄出的那封信。)

You *must have caught* the train if you had started earlier. 【在此句中 would 比 must 常用】

（如果你早點啓程，你一定已經趕上了那班火車。）

④ needn't + have + 過去分詞，表「過去不必做而已做的事」。

【例】 I *needn't have bought* this car.

（我原本不需要買這部車。）【但已經買了】

《聯考試題引證》

請從下題的四個答案中，選出一個正確的答案：

That was a close call: you _____ hit by the car.

(A) could have been (B) can have been

(C) could be (D) can be 【日大】

【答案】 (A)

【翻譯】 那眞是千鈞一髮：你本來會被車子撞的。

【解析】 **could + have + 過去分詞**，表「與過去事實相反的假設」。

(B) can have + 過去分詞，表「對過去的推測」，但非假設；

(C) could be 表「與現在事實相反的假設」；

(D) can be 表「對現在的推測」；

(B) (C) (D) 三者均不合句意。

第④章 ▶ 實力測驗題

一、中翻英:

1. 放心吧!你儘管走好了。 【台中一中】

_____

2. 他們在一小時以前就應該已經會面了。 【日大】

_____

3. 他大可以他的兒子為榮。

_____

4. 你若向暴力屈服,不如死掉。

_____

5. 從前這座花園裡有些長板凳。

_____

二、英翻中:

1. If he *persists in* laziness, he **might as well** withdraw from
   school. 【日大】

_____

2. Given encouragement and help, he **would not have failed**.
   【日大】

_____

3. Something *could have gone* wrong. 【雄中】

_____

4. He *used to* smoke, but he gave it up at last.

_____

5. I *would rather* die *than* live in dishonor.

_____

三、短文翻譯：

下列 5 題爲一則短文，請將各題的中文譯成英文，文長共 80 個單詞（words）左右。

1. 我過去常聽人說人格重於生命。

_____

2. 不用說，品格清高的人大可以自己爲榮。

_____

3. 有些人寧願餓死也不願去偷。

_____

4. 有些人如果受到勸誘，則去偷竊也無妨。

_____

5. 不過有些人假如不當小偷，可能早就餓死了。

_____

第 4 章　實力測驗詳解

一、中翻英：

1. You *may just as well* go. Don't worry!

2. They *should have met* an hour ago.

3. He *may well* be proud of his son.

4. You *may as well* die *as yield to* force.

5. There *used to* be some benches in this garden.

二、英翻中：

1. 如果他執意怠惰下去，倒不如退學算了。

2. 假如他曾受到鼓勵和幫助，他就不會失敗了。

3. 可能有事出差錯了。【could 在此表示 *perhaps*「也許」】

4. 他以前常抽煙，但後來終於戒掉了。

5. 我寧死也不願苟且偷生。

三、短文翻譯：

1. I *would* often hear people say that character is *above* life.

2. *Needless to say*, an honorable man *may well take pride in* himself.

3. Some people *would rather starve* to death *than thieve*.

4. Some people *might well* thieve if others *egg* them *to* (thieve).　egg〔ɛg〕*v.* 煽動；唆使

5. However, some people *would have died* if they had not been thieves.

第 5 章

不定詞 Infinitive

句型 25

《公式 45 》 不定詞的時態

【背誦佳句】　He seems *to have been* ill.
　　　　　　 他似乎曾病過。

【背誦佳句】　He seems *to be working* very hard.
　　　　　　 他似乎很努力在工作。

§公式解析

1 不定詞的時態有四種，分述如下：

①**簡單式不定詞**

　　a. 表與主要動詞同時間的動作或狀況。

　　　　He seems *to be* tired. (他似乎累了。)
　　　　= It secms *that he is* tired.

　　b. 表發生在主要動詞之後的動作，像未來的願望、期待等。

　　　　We expect him *to come*. (我們希望他會來。)
　　　　= We expect *that he will come*.

②**完成式不定詞**

　　a. 表發生在主要動詞之前的動作。

　　　　He seems *to have been* ill. (他似乎曾病過。)
　　　　= It seems *that he was* (*or has been*) ill.

　　b. 表過去沒有實現的願望、期待或計劃，可用表希望、計劃
　　　 等動詞的過去式加上完成式不定詞的形式表達。

　　　　【例】I intended *to have come*. (我原本打算來的。)
　　　　　　 I wished *to have bought* a car, but I had no
　　　　　　 money. (我希望買部車，但我當時沒有錢。)

　　⇨ 關於完成式不定詞的用法，詳見本書公式 60。

③**進行式不定詞**

  a. 表主要動詞動作發生時，**正在進行中的動作，有強調的作用。**

    【例】He seems *to be working* very hard.

      （他似乎很努力地在工作。）

  b. 在主要動詞後，表**不久的未來。**

    【例】The old man seems *to be dying*.

      （這個老人似乎要死了。）

④**完成進行式不定詞**

  表過去某時開始的動作或狀態，一直繼續到主要動詞所表示
的時點，仍在繼續進行，或剛剛停止。

  【例】You seem *to have been writing* a very long time.

    （你好像已經寫很久了。）

§舉一反三

1⃝ 完成式不定詞中，用以表希望、計劃等動詞常見類例：

$$S. + \left\{ \begin{array}{l} \text{wished, hoped, intended, meant,} \\ \text{expected, planned, promised,} \\ \text{wanted, thought, desired, were,} \\ \text{was, would like, should like} \end{array} \right\} + to + have + 過去分詞$$

《考前實力測驗》

  I *seemed to hear* a voice in the distance.

【翻譯】 我似乎聽到遠處有人聲。

【解析】 **seem + to + 原形動詞**～「似乎～」。

【註釋】 *in the distance* 在遠處

句型 **26**

《公式 46》　**A has only to~**　　　　「A 所要做的

《公式 47》　**All A has to do is (to)~**　　就是~」

【背誦佳句】　You *have only to* wait and see.

All you have to do is (to) wait and

see. 你所要做的就是靜觀其變。

§公式解析

1 A has only to~和 All A has to do is (to)~的意義相同，都
作「A 所要做的就是~」解。其中 All A has to do is 可接**原
形不定詞**。

【例】*All I have to do is (to)* take a rest.

（我所要做的就是休息。）

⇨ 若將不定詞片語放在句首倒裝時，則 **to 必須省略**。

【例】*All I have to do is (to)* turn off the gas.

= Turn off the gas *is all I have to do*.

（我所要做的就是關掉瓦斯。）

§舉一反三

1 All A has to do is (to)~的 All 可以代換成其他的字詞：

What
The only thing
The one
The first thing $\Big\}$ A has to do is (to)~

句型 27

《公式 48 》 **be to～** 有下列意思

① 預定：「將～」　　② 義務：「必須～」

③ 可能：「能夠～」　　④ 命運：「註定～命運」

⑤ 意圖：「打算～」

【背誦佳句】

① The plane *is to* take off at four o'clock.

飛機將於四點起飛。

② You *are to* do as I tell you.

你必須照我所說的去做。

③ Not a soul *was to* be seen on the seashore.

海邊一個人也看不到。

④ But that *was* not *to* be. 但那並非命中註定的。

⑤ If you *are to* succeed, you have to study
harder. 如果你想成功，就必須更努力用功。

§公式解析

1)　「be (現在或過去式) + to」用來表示**預定、義務、可能**…等，
否定句型為「be not + 不定詞」。

§舉一反三

1)　be + to～ 的代換：

① be to～ = be going to = be about to (表預定)
【但在程度上有差異】

② be to～ = must = should (表義務)

┌─《聯考試題引證》─────────────────┐

請從下題的五個答案中，選出按順序排列的二項或三項，完
成該句：

The children were told that on no account _____ the
door to strangers. 【日大】

(A) they were   (B) were they

(C) to open   (D) opening

(E) to opening

└────────────────────────────┘

【答案】 (B) (C)

【翻譯】 孩子們被告知絕不可為陌生人開門。

【解析】 否定副詞 on no account 置於句首，後面句子要倒裝；
be to + 原形動詞「一定」（表義務）。

【註釋】 *on no account* 絕不
stranger〔'strendʒɚ〕*n.* 陌生人

┌──【劉毅老師的話】──────┐
　　人類學習語言的最大困難：①學了會
忘記；②沒有東西可以背。「一口氣英語」
的發明，一舉解決這兩個問題。
└──────────────────┘

句型 28

《公式 49》　…enough to～「夠…足以～」

《公式 50》　too…to～「太…而不能～」

【背誦佳句】　You are old *enough to* know something about life.
你年紀大得足以知道關於人生的事。

【背誦佳句】　You are *too* young *to* know anything about life.
你太年輕而無法了解任何關於人生的事。

§公式解析

[1]　「形容詞（或副詞）+ enough +不定詞」作「足夠可以～」解，這個句型中的**不定詞**是用來修飾**副詞 enough**，**表結果**。

【例】 I don't know him *well* enough *to lend* him the money.（我對他的認識還不夠多，不能借錢給他。）

[2]　「too + 形容詞（或副詞）+ to～」作「太…而不能～」解，這個句型中的**不定詞**是用來修飾**副詞 too**，**表否定的結果**。

【例】 It is never *too* late *to* mend.
（改過永遠不嫌遲；亡羊補牢，猶未晚也。）

⇨ too…not to～是**雙重否定**，表肯定意義，作「非常…不會不～」解。

【例】 He is *too* wise *not to* see that.
（他非常聰明，不會不明白那一點。）【他明白那一點】

⇨ 「too…for＋（動）名詞」和「too…to＋原形動詞」的意
　思相同，但 too…for 接動名詞時，動名詞不可用被動語態，
　其前亦不可有所有格。

【例】These grapes are **too** sour **to** eat.
　　＝These grapes are **too** sour **for** eating.
　　（這些葡萄太酸，不能吃。）
　　These grapes are too sour for *being eaten*.【誤】
　　These grapes are too sour for *my* eating.【誤】

§舉一反三

1 …enough to～的句型代換：

【例】He was foolish **enough to** say such a thing.
　　＝He was **so** foolish **that** he said such a thing.
　　＝He was **so** foolish **as to** say such a thing.
　　（他竟然愚蠢得說出這種事。）

2 too…to～的句型代換：

【例】He is **too** young **to** go to school.
　　＝He is **too** young **for** school.
　　＝He is **so** young **that** he can't go to school.
　　（他還太小，不能上學。）

《聯考試題引證》

He is so strong that he can fight the giant.
= He is strong *enough to* fight the giant.　　【夜大】

【翻譯】 他壯到足以對抗這個巨人。

【解析】 so…that～ = …enough to～「如此…以致於能～」。

《聯考試題引證》

請從下題的四個答案中，選出一個正確的答案。

Mr. Jones was _____ angry to say anything at all.

(A) too much 　　(B) so much 　　【師大工教】
(C) too 　　(D) so

【答案】 (C)

【翻譯】 瓊斯先生憤怒到說不出話來。

【解析】 too…to～「太…而不能～」。

句型 29

《公式 51》　**be about to～**「即將；正要」

【背誦佳句】　Something unusual *is about to* happen.
不尋常的事即將發生。

§公式解析

1. be about to～作「即將；正要」解，about 在此是**介詞**，它只
   有在前面是 **be 動詞**時，才接**不定詞**做受詞，否則在一般情況下，
   about 之後應該接**動名詞**。

   【例】 They *are about to* start. (他們將要動身。)

   They talked about *having* a party.

   (他們討論了關於舉辦宴會的事。)

§舉一反三

1. 能接不定詞做受詞的介詞，還有下列三個，請看例句：

   【例】 He desires nothing *but* to go home.

   (他只想回家。)

   They have nothing to do *except* (*to*) wander about
   in the street.

   (他們除了在街上到處逛之外，無事可做。)

   She thought of no other way out *than* to cheat.

   (除了欺騙之外，她想不出別的方法。)

《聯考試題引證》

The police finally ran down the criminals as they *were about to* board the airplane. 【夜大】

【翻譯】 警方終於在那些罪犯即將登機時，追捕到他們。

【解析】 **be about to** + 原形動詞「即將～」。

【註釋】 *run down* 追捕到　　criminal〔'krɪmənḷ〕*n.* 罪犯
　　　　 board〔bord〕*v.* 搭乘

《聯考試題引證》

Every afternoon at three when Mary *was about to* start her violin lessons, I would go out for a walk. 【日大】

【翻譯】 每天下午三點，當瑪麗即將開始上她的小提琴課時，我就會出去散個步。

【解析】 **be about to** + 原形動詞「即將～」。

【註釋】 violin〔ˌvaɪə'lɪn〕*n.* 小提琴

句型 30

《公式 52》　**to say nothing of~**「更不用說~」

《公式 53》　**not to say~**「雖不能說~」

【背誦佳句】　She can ride a motorbike, *to say nothing of* a bicycle.
她會騎摩托車，更不用說腳踏車了。

【背誦佳句】　Jim is very bright, *not to say* a genius.
吉姆雖不能說是個天才，也很聰明了。

§公式解析

1 to say nothing of~ 是**獨立不定詞**，和句中其他部分沒有關聯；也可說是**副詞片語修飾全句**。

【例】He doesn't even drink beer, *to say nothing of* whisky. (他連啤酒都不喝，更不用說威士忌了。)

⇨ 常見的獨立不定詞

　　to begin with　首先

　　sorry to say　說來很難過

　　to tell the truth　老實說

　　needless to say　不用說

　　to speak frankly　坦白說

　　to sum up　總之

　　to be sure　的確；當然

strange to say　說也奇怪

to do one justice　公平地說

so to speak　可以說是

to say the least of it　最起碼

not to say　雖不能說

to make a long story short　長話短說；簡單說

to pass to another subject　換個話題

to make matters worse　更糟的是

to return to the subject　言歸正傳

2　not to say～「雖不能說」，也是獨立不定詞，和 not to speak of「更不用說」意思不同。

【例】He is frugal, *not to say* stingy.
（雖不能說他吝嗇，但也很節儉了。）

He knows French and Spanish, *not to speak of* English.（他懂法文和西班牙文，更不用說英文了。）

§舉一反三

1　to say nothing of～的代換句型如下：

to say nothing of
= not to speak of
= not to mention
= let alone （可用於肯定句或否定句）
= much more = still more （用於肯定句）
= much less = still less （用於否定句）

《聯考試題引證》

請在空格內填入適當的字：

He cannot write Chinese well, to _____ nothing of
English.　　　　　　　　　　　　　　　　　　【日大】

【答案】　**say**

【翻譯】　他中文都寫不好，更別提英文了。

【解析】　**to say nothing of** ～「更別提～」。

《考前實力測驗》

It is warm, *not to say* hot.

【翻譯】　雖不能說熱，也很暖和了。

【解析】　**not to say** ～「雖不能說～」。

《國外試題引證》

My little brother cannot walk yet, *to say nothing of*
dance.

【翻譯】　我弟弟還不會走路，更別提跳舞了。

【解析】　**to say nothing of** ～「更別提～」。

句型 31

《公式 54》 **make** + A + 原形動詞
《公式 55》 **have** + A + 原形動詞
《公式 56》 **let** + A + 原形動詞
《公式 57》 **get** + A + 不定詞

「使 A~」

【背誦佳句】 Her word *made* me *blush*.
她的話使我臉紅。

【背誦佳句】 I *had* my brother *take* a picture of me.
我叫我弟弟替我照張相。

【背誦佳句】 *Let* sleeping dogs *lie*. 【諺】別自找麻煩。

【背誦佳句】 I *got* John *to repair* my bicycle.
我叫約翰幫我修腳踏車。

§公式解析

1. make, have, let 等三個**使役動詞**之後，要用**原形動詞**來做受詞補語。其他使役動詞如 get, order, cause 等，要接**不定詞**，而 help 則接**原形動詞**或**不定詞**皆可。

　【例】 I *caused* the boy *to* get up early.
　　　（我叫那男孩早起。）
　　　= I *had* the boy get up early.

　　　She *helped* her mother *prepare* for Christmas.
　　　（她幫媽媽張羅聖誕節的各項事務。）
　　　It *helps* no one *to* understand.
　　　（它無助於任何人了解。）

⇨ 但改為**被動語態**時，使役動詞後要加**不定詞**。

> Our teacher *made* us *study* harder.
> We *were made to* study harder.
> （我們老師叫我們更用功。）

> He *ordered* me *to* release the prisoner.
> I *was ordered to* release the prisoner (by him).
> （他命令我釋放那名囚犯。）

⇨ make, have, get 等字的受詞，若是**被動語態**，則接**過去分詞**。

> Please *have* my room *painted*. 【正】
> （請油漆我的房間。）
> Please have my room *be painted*. 【誤】

> I must *get* it *done*. 【正】 （我必須叫人把它做完。）
> I must get it *to be done*. 【誤】
> He could not *make* himself *understood*.
> （他無法使人了解他的意思。）

⇨ 但 let 和其他使役動詞的受詞，若為被動語態，要加 be 或 tobe。

> *Let* him *be* punished at once. 【正】 （馬上處罰他。）
> Let him *punished* at once. 【誤】

> He *caused* the tuition *to be* paid by us. 【正】
> （他叫我們付學費。）
> He caused the tuition *paid*. 【誤】

§舉一反三

1 使役動詞後可接原形動詞的，還有 bid，使用規則同 let。

【例】 She *bade* us *go* home at once.（她命令我們立刻回家。）

I must *bid* the door *be* painted.

（我必須請人漆這扇門。）

2 使役動詞後接不定詞的，還有 compel, force, oblige, persuade, urge 等。

【例】 He *compelled* me *to* do such a thing.

（他強迫我做這種事。）

《聯考試題引證》

What they saw *made* them *pick* up their things and run back to the car as quickly as possible. 【日大】

【翻譯】 他們看到的景象，使他們儘快拿起東西，跑回車裡。

【解析】 make＋A＋原形動詞「使 A～」。

【註釋】 *as～as possible* 儘可能～

《聯考試題引證》

I cannot give you an answer this moment. I'll *let* you *know* my decision in two weeks. 【日大】

【翻譯】 我現在無法給你答覆。兩週內我會讓你知道我的決定。

【解析】 let＋A＋原形動詞「使 A～」。

句型 32

《公式 58》　**see** + **A** + 原形動詞「看見 A ~」

《公式 59》　**had better** + 原形動詞「最好 ~」

【背誦佳句】　I *saw* a man *go* into the bank.
　　　　　　 我看見一個人走進銀行。

【背誦佳句】　You *had better* see a doctor.
　　　　　　 你最好去看醫生。

§公式解析

1 see, hear, feel, watch, listen to 等**感官動詞**之後，須接**原形動詞**或**現在分詞**做受詞補語。一般說來，感官動詞後的原形動詞或現在分詞可以互換，但有時原形動詞強調其動作的**事實**，而現在分詞則強調動作的**正在進行**。試比較下例：

I *saw* him *drink* wine. (我看過他喝酒。)
I *saw* him *drinking* wine. (我看到他正在喝酒。)

⇨ 在被動語態中，感官動詞之後須接不定詞，如：

【例】 I *saw* him *enter* the room.
　　　 (我看到他走進房間。)
　　　 = He *was seen* *to enter* the room (by me).
　　　 (他被看見走進房間。)

⇨ 感官動詞之後，若接**過去分詞**，則表被動，如：

【例】 I never *heard* him (*being*) *spoken* ill of.
　　　 (我從未聽過有人說他壞話。)
　　　 【過去分詞 spoken 前面省略了現在分詞 being】

2 had better（或 best）後須接原形動詞，作「最好」解。

【例】 You *had better* *give up* smoking.

（你最好戒煙。）

⇨ had better 的否定形是直接在 **better** 後加上 **not**，再接
原形動詞。

【例】 You *had better not* *go* shopping on such a
hot day.

（在如此炎熱的天氣，你最好不要去買東西。）

§舉一反三

1 感官動詞後，用原形動詞做受詞補語的其他例子：

【例】 We listened to the band play in the park.

（我們在公園裡聽樂隊演奏。）

Did you feel the house shake？

（你有感覺到房子在震動嗎？）

2 以原形動詞表達的其他類例：

$$
\left.
\begin{array}{l}
\text{would (had)} \left\{ \begin{array}{l} \text{rather} \\ \text{sooner} \end{array} \right\} + \text{V.} \cdots + \text{than} \\
\text{would (had) as soon} + \text{V.} \cdots + \text{as}
\end{array}
\right\} + \text{V.}
$$

「寧願…而不願；與其…不如」

《聯考試題引證》

Looking up at the sky, I *saw* the sun *go* under a
cloud.　　　　　　　　　　　　　　　　　【夜大】

【翻譯】　我抬頭看天空，看到太陽沒入雲中。

【解析】　**see** + 受詞 + 原形動詞「看到～」，強調動作的事實。

【註釋】　*go under* 沉沒

《聯考試題引證》

You'*d better* pick up a few things on the way.　【夜大】

【翻譯】　你最好沿途買些東西。

【解析】　**had better** + 原形動詞「最好～」。

【註釋】　*pick up* 買　　*on the way* 在途中

《國外試題引證》

It's cold outside so you *had better* put on your coat.

【翻譯】　外面很冷，所以你最好穿上你的外套。

【解析】　**had better** + 原形動詞「最好～」。

【註釋】　*put on* 穿上

句型 33

《公式 60》 表希望之動詞過去式 + **to** + **have** + 過去分詞
「原本希望～（但未達成）」

【背誦佳句】 I *expected to have met* you at the
airport. 我原本希望能在機場遇見你。

§公式解析

1 表示**過去沒實現的願望、期待或計劃**，可用表「**希望、計劃等
動詞的過去式 + to + have + 過去分詞**」的形式來表達。常見表
希望、計劃的動詞整理如下：

wish, hope, intend, mean, expect, plan, promise, want,
think, desire, be, would like, should like

⇨ 「to have + 過去分詞」可用**簡單式**代替，但後面必須補充
說明該動作沒有實現。

He hoped to pass the examination.
【句意不清，未說明通過考試與否】
He *hoped to have passed* the examination. 【正】
He *hoped to pass* the examination, *but failed.* 【正】
He *hoped to have passed* the examination, *but failed.*
（他原本希望通過那考試，但失敗了。）【正】

⇨ 現代英語中，也用表希望之動詞的過去完成式來表示過去未
實現的願望。

【例】 I *had meant to* do so.（我原本打算這樣做的。）

§舉一反三

1 表希望之動詞過去式 + to + have + 過去分詞
　 = 表希望之動詞過去完成式 + to + V.

> We *wanted to have seen* him, but found he was out.
> = We *had wanted to see* him, but found he was out.
> （我們想去看他，但卻發現他出門去了。）

《考前實力測驗》

He *meant to have come* to see you last night but the
city was unexpectedly placed under martial law.

【翻譯】　昨晚他原本打算來看你，但沒想到城裡卻戒嚴了。

【解析】　**表希望之動詞過去式 + to + have + 過去分詞**
　　　　　「原本希望～（但未達成）」。

【註釋】　unexpectedly〔͵ʌnɪkˈspɛktɪdlɪ〕*adv.* 意外地
　　　　　martial law 戒嚴令

《國外試題引證》

I *meant to have left* by 8:00, but I overslept.

【翻譯】　我原本想在八點出門，但是我睡過頭了。

【解析】　**表希望之動詞過去式 + to + have + 過去分詞**
　　　　　「原本希望～（但未達成）」。

【註釋】　oversleep〔ˈovəˈslip〕*v.* 睡過頭

句型 34

《公式 61》 **but too**~「非常~」

《公式 62》 **too ready to** + 原形動詞「很喜歡~」

【背誦佳句】 I shall be ***but too*** pleased to come.
　　　　　　我很樂意來。

【背誦佳句】 She is ***too ready to*** talk.
　　　　　　她很愛講話。

§ 公式解析

1 but too = **very**，其後若接**不定詞**，是修飾前面的形容詞，**沒有否定意味**。

　【例】 I am ***but too*** glad to see you.
　　　　（我非常高興見到你。）
　　　　= I am ***very*** glad to see you.

2 「too ready to + 原形動詞」的句型中，不定詞是用來修飾 **ready**，沒有否定意味。

　【例】 He is ***too ready to*** criticize teachers.
　　　　= He is ***very fond of*** criticizing teachers.
　　　　（他很喜歡批評老師。）

§ 舉一反三

1 but too…的常見類例：

　① but too = only too = very

② all too 作「總是太；過於」解。

【例】 The holidays ended *all too* soon.

（假期總是結束得太快。）

[2] 「too ready to＋原形動詞」的常見類例：

too apt to, too willing to, too eager to, too inclined to, too easy to 等，其中 apt, willing…等形容詞，都是「**很喜歡**」的意思。

《考前實力測驗》

I am *but too* excited to bump into you here.

= I am very excited to bump into you here.

【翻譯】 能在這裡碰到你，我好興奮。

【解析】 **but too**～「**非常**～」。

【註釋】 *bump into* 偶然遇到

《考前實力測驗》

請從下題的四個答案中，選出一個正確的答案：

He is *too ready to* criticize others.

(A) He is too careful to criticize others.

(B) He prepares too well to criticize others.

(C) He is not ready to find fault with others.

(D) He is fond of finding fault with others.

【答案】 (D)

【翻譯】 他很喜歡批評別人。

【解析】 **too ready to** + 原形動詞 = (D) **fond of** + 動名詞「很喜歡～」。

(A) 他太謹慎而不批評別人。

(B) 他準備得太好而無法批評別人。

(C) 他不喜歡挑剔別人。

【註釋】 criticize〔'krɪtə,saɪz〕*v.* 批評

find fault with ～ 挑剔～

《國外試題引證》

Tina is ＿＿＿＿＿ believe any story people tell her.

(A) to likely   (B) too willing

(C) sure to ready   (D) too ready to

【答案】 (D)

【翻譯】 蒂娜很樂意相信人們告訴她的任何故事。

【解析】 **too ready to** + 原形動詞「很喜歡～；很樂意～」。

【註釋】 likely〔'laɪklɪ〕*adj.* 可能的

willing〔'wɪlɪŋ〕*adj.* 願意的

第 ⑤ 章 ▶實力測驗題

一、中翻英：

1. 你所要做的，就是徹底解決它。　　　　　　　【蘭陽女中】

_____

2. 亡羊補牢，猶未晚矣。　　　　　　　　　　　【台中一中】

_____

3. 他強迫我做這種事。

_____

4. 如果你現在告訴我答案，我會非常感激。

_____

5. 總統將透過電視對人民發表一場演說。

_____

二、英翻中：

1. Don't *let* him *make* a trip by himself.　　　【左營高中】

_____

2. My father's temper *was* never *to* be trusted.　　　【彰女】

_____

3. Houses which *fail to* satisfy these minimum requirements *are to* be *pulled down*.　　　　　　　　　【日大】

_____

4. He earns scarcely *enough to keep body and soul together*.
　　　　　　　　　　　　　　　　　【家齊女中】

_____

5. You *had better* take an umbrella *in case* it rains.

_____

三、短文翻譯：

下列 5 題爲一則短文，請將各題的中文譯成英文，文長共 80 個單詞（words）左右。

1. 約翰非常害羞，因此他沒有很多朋友。

_____

2. 雖然他很孤單，但卻非常樂於助人。

_____

3. 如果你想跟他做朋友，你只要對他說話就行了。

_____

4. 當然，你最好對他更友善一點，才能贏得他的心。

_____

5. 你將會發現，他仁慈到願意爲你做任何事的地步。

_____

第 5 章　實力測驗詳解

一、中翻英：

1. *All you have to do is* (*to*) fight it out.

2. It is *never too* late *to* mend.

3. He *compelled* me *to* do such a thing.

4. I'll be much obliged if you *let* me *have* your answer now.

5. A speech to the people *is to* be made by the President *on* TV.

二、英翻中：

1. 不要讓他一個人去旅行。
2. 我父親的脾氣絕對令人無法捉摸。
3. 凡是不符合最低要求的房子，一律要拆除。
4. 他所賺的錢難以糊口。
5. 你最好帶把傘，以防萬一下雨。

三、短文翻譯：

1. John is *too* shy *to* have many friends.

2. Though he is lonely, he is *too ready to* give others a *hand*.

3. If you want to *make friends with* him, you *have only to* speak to him.

4. Of course, *to* win his heart, you *had better* be friendlier to him.

5. You will find that he is kind *enough to* do anything for you.

第 **6** 章

分 詞 Participle

句型 35

《公式 63 》　**have** + **A** + 過去分詞「使 A 被」
《公式 64 》　**have** + **A** + 過去分詞「A 被～」
【背誦佳句】　I *had* my camera *repaired*.
　　　　　　我把相機拿去給人修理。
【背誦佳句】　I *had* my camera *stolen*.
　　　　　　我的相機被偷了。

§公式解析

1 公式 63 所表示的是「**使役**」，公式 64 所表示的是「**被動經驗**」。

⇨ have 做使役動詞時，後面如果接人，其句型為：have + 人（受詞）+ 原形動詞，表受詞主動做某事。

【例】 You must *have* a maid *clean* your house.
　　　（你必須找個女傭整理你的房子。）

⇨ have 和 get 的區別：**get 出自本身意願，have 出於無奈及自願**。

I $\left\{ \begin{array}{l} \textit{had}【正】 \\ \textit{got}【誤】 \end{array} \right\}$ my watch *stolen*.（我的手錶被偷了。）
　　　　　　　　　　　　【出於無奈，只用 had】

I $\left\{ \begin{array}{l} \textit{had}【正】 \\ \textit{got}【正】 \end{array} \right\}$ my watch *repaired*.（我拿手錶去修理。）
　　　　　　　　　　　　【出於自願 had, got 皆可】

§舉一反三

1 使役動詞的用法：

① let, make, have, bid 接受詞後，要接原形動詞。

② cause, compel, order, force, oblige, persuade, urge 後接**不定詞**。

③ **help** 後面則接原形動詞與不定詞皆可。

④ have, get 和 make 後面的受詞，若為被動語態，要接**過去分詞**。

⑤ let, bid, cause 等其他使役動詞的受詞，若為被動語態，則要加 **be** 或 **to be**。

【例】 Let him be punished. （讓他受到懲罰。）

─── 《考前實力測驗》 ───

Please *have* these things *brought* to my house.

【翻譯】 請派人將這些東西搬到我家去。

【解析】 **have** + A + 過去分詞「使 A 被」。

─── 《聯考試題引證》 ───

請將下題之中文譯成正確通順的英文：

我的腳踏車上禮拜天被偷了。【日大】

【答案】 I *had* my bicycle *stolen* last Sunday.

【解析】 **have** + A + 過去分詞「A 被～」。

句型 **36**

《公式 65》　**see** + A + 現在分詞「看到 A 正在～」
《公式 66》　**hear** + A + 過去分詞「聽到 A 被～」
【背誦佳句】　I *saw* him *crossing* the street.
　　　　　　我看到他正在穿越馬路。
【背誦佳句】　I *heard* my name *called*.
　　　　　　我聽到有人叫我的名字。

§公式解析

1　感官動詞 see, hear 等之後，可接**現在分詞**做**受詞補語**，強調動作**正在進行**。也可以接**原形動詞**，詳見公式 58 同。試比較下例：

> I *saw* him *cross* the street.
> （我看到他穿越馬路。）【強調他穿越馬路這個事實】
> I *saw* him *crossing* the street.
> （我看到他正在穿越馬路。）
> 【強調他穿越馬路這個動作正在進行】

2　感官動詞 see, hear 等之後，若接**過去分詞**做**受詞補語**，則表**被動**。

　　【例】 I *heard* my name *called* (by someone).
　　　　　= I *heard* someone *call* my name.
　　　　　（我聽到有人叫我的名字。）

　⇨ 事實上，感官動詞後接過去分詞，中間是省略了 **being**。
　　【例】 I *saw* a cat *being beaten* by him.
　　　　　（我看見一隻貓被他打。）

§舉一反三

[1] find 當「**發現**」解時，可接**形容詞**、**現在分詞**或**過去分詞**做受詞補語，請看例句：

【例】 We *found* the soldier *dead* (*dying*, *wounded*) in the woods.

（我們在森林中發現那名士兵死了〔奄奄一息、受傷了〕。）

⇨ find 當「**發覺；覺得**」解時，可接**形容詞**、**過去分詞**、**不定詞**或**原形動詞**做受詞補語，請看例句：

【例】 We *found* it *difficult* to do so.

（我們覺得這麼做是困難的。）

They *found* the place *deserted*.

（他們發覺那個地方沒有人。）

He *found* the chest *to contain* silver coins.

（他發覺那個箱子裝了銀幣。）

I *find* it (*to*) *pay*. （我覺得划得來。）

《聯考試題引證》

I sat up with a start when I *saw* a snake *crawling* near my feet.　　　　　　　　　　　　　　　　　【日大】

【翻譯】 當我看見一條蛇爬近我的腳時，我嚇得坐直了。

【解析】 **see + A + 現在分詞**「看見 A 正在～」。

【註釋】 *sit up* 坐直　　　start〔start〕*n.* 吃驚；跳起

《聯考試題引證》

請從下題的四個選項中，選出三項完成該句，並將這三項的
號碼依序排好：

While I was reading ＿＿＿＿＿＿＿＿＿＿＿＿.

(1) I heard　　　　　(2) of this

(3) called　　　　　(4) my name　　　　　　【夜大】

【答案】　(1)(4)(3)

【翻譯】　當我正在讀書時，聽到有人叫我的名字。

【解析】　**hear** + **A** + **過去分詞**「聽到 A 被～」。

《國外試題引證》

I often *see* John ＿＿＿＿＿＿ in the park.

(A) running　　　　　(B) to run

(C) had run　　　　　(D) would run

【答案】　(A)

【翻譯】　我常看到約翰在公園跑步。

【解析】　**see** + **A** + **現在分詞**「看見 A 正在～」。

句型 37

《公式 67》 分詞構句 = 連接詞 + 主詞 + 動詞

【背誦佳句】 *Running* into the house, I found the sofa was on fire.

= *When I ran* into the house, I found the sofa was on fire.

當我跑進屋子時，發現沙發著火了。

§公式解析

1 本句型是介紹由副詞子句簡化而來的分詞構句，表**時間**、**原因**、**理由**、**條件**、**讓步**、**連續**或**附帶狀態**。

⇨ 分詞構句沒有限定作用，且須以逗號和句子的其他部份分開，以當成補述用法的形容詞子句。但也有可能是由副詞子句簡化而來。試比較下列兩組例句：

The girl, *playing the piano*, did not know it.

= The girl, *who was playing the piano*, did not know it.

（那個正在彈鋼琴的女孩不知道那件事。）

The girl, *playing the piano*, did not know it.

= *Playing the piano*, the girl did not know it.

= *As the girl was playing the piano*, she did not know it.

（那個女孩因為正在彈鋼琴，所以不知道那件事。）

⇨ 分詞構句可由上下文判斷出有下列各種不同的意義：

① 表**時間** —— 相當於 when, while, as, after…等所引導的副詞子句。

【例】 *Hearing* the news, they all danced for joy.
　　　= *When they heard* the news, they all danced
　　　　for joy.
　　　（聽到了這個消息，他們高興得手舞足蹈。）

② 表**原因、理由** —— 相當於 as, because 等所引導的副詞子句。

【例】 *Being* sick, I was absent from school yesterday.
　　　= *Since I was* sick, I was absent from school
　　　　yesterday.（因爲生病，我昨天沒去上學。）

③ 表**條件** —— 相當於 if, unless 等所引導的副詞子句。

【例】 *Exercising* every morning, you will improve your
　　　health.
　　　　= *If you exercise* every morning, you will improve
　　　　your health.
　　　（如果每天早上運動，你的健康會好轉。）

④ 表**讓步** —— 相當於 though, although 等所引導的副詞子句。

【例】 *Wounded*, the brave soldier continued to fight.
　　　= *Though he was* wounded, the brave soldier
　　　　continued to fight.
　　　（雖然受傷，那名勇敢的士兵還是繼續作戰。）

⑤ 表**連續或附帶狀態** —— 相當於 and 所引導的對等子句。

【例】 My train starts at six, *arriving* there at four p.m.

　　 = My train starts at six, *and* (*it*) *will arrive* there

　　　 at four p.m.【表連續】

　　 （我的火車六點開，下午四點到達那裡。）

His father died, *leaving* nothing but a lot of debts.

= His father died, *and* (*he*) *left* nothing but a lot

　 of debts.【表附帶狀態】

　 （他的父親去世了，只留下一屁股債。）

⇨ 分詞構句的位置，可置於**句首**、**句中**（主詞之後）、**句尾**，但都要**用逗點隔開**。可是如果主詞是人稱代名詞時，分詞構句只能放在句首或句尾，不可放在主詞（人稱代名詞）之後。

【例】 *Crying* for milk, the baby woke everyone up.

　　 = The baby, *crying* for milk, woke everyone up.

　　 = The baby woke everyone up, *crying* for milk.

　　 （小孩哭著要吃奶，把每個人都吵醒了。）

Being ill, he could not attend the meeting.【正】

He, being ill, could not attend the meeting.【誤】

　 （他因生病而無法出席會議。）

⇨ 分詞構句的語態：

① 主動語態

【例】 *Having* written my composition, I have nothing

　　　 more to do.

　　 （我寫完了作文，所以再也沒有事可做。）

②被動語態 —— 句中的 being 或 having been 可以省略。

【例】 (*Being*) written in an easy style, the book has many readers.

（這本書以淺顯的文筆寫成，所以有很多讀者。）

§舉一反三

1 副詞子句改為分詞構句的方法：

(1) **先將引導副詞子句的連接詞去掉**。

(2) 副詞子句的主詞與主要子句的**主詞相同時，把副詞子句的主詞去掉**；如**不相同則保留**。

(3) **動詞改為現在分詞**；being 可省略。

(4) 如有否定詞，則放在分詞前（**否定詞 + 分詞**）。

(5) 其餘照抄。

【例】 *Though she hadn't found her purse*, she still had the money with her.【主詞相同，去掉副詞子句的主詞】

= *Not having found her purse*, she still had the money with her.

（雖然她沒找到她的錢包，她身上仍有錢。）

As my homework has been done, I have nothing more to do.【主詞不同要保留】

= *My homework* (*having been*) *done*, I have nothing more to do.

（因為我已經把作業寫完了，所以再也沒有事可做了。）

2 對等子句改為分詞構句的方法：分詞構句可代替合句中另一對等子句，其作用是說話者對主要子句的敘述加以補充說明。

①主詞相同時，**保留一主詞**，即 and（+主詞）+ V. = V-ing。

【例】 She alone remained at home, *cleaning* the floor.

= She alone remained at home, *and cleaned* the floor.（她獨自留在家裡，清掃地板。）

②主詞不同時，改為**獨立分詞構句，兩主詞都須保留**。

【例】 He was reading a book, *his wife knitting* beside him.

（他在看書，他太太在他旁邊編織衣服。）

《聯考試題引證》

選出最恰當的一個答案，使下題句意完整，並符合習慣用法：

_____ the painting, he gave a sigh of relief.

(A) Finishing   (B) Has finished

(C) Being finished   (D) Having finished   【日大】

【答案】 (D)

【翻譯】 完成了那幅畫之後，他鬆了一口氣。

【解析】 **Having** finished the painting, … = **After he had** finished the painting, …。

    (A) 副詞子句的動詞，其動作時間早於主要子句的動詞，所以要用完成式分詞。

    (B) Has 要改成現在分詞 Having。

    (C) 應改為主動語態。

句型 **38**

《公式 68》**with** + 受詞 + 分詞「以～狀態」

【背誦佳句】 He often thinks *with his eyes shut*.

他常常閉著眼睛思考。

§公式解析

1. 本句型原是獨立分詞構句，表**附帶狀態**，其公式為「with (*or* without) + 受詞 + p.p.或形容詞」。

【例】 He lay still on the grass, *with his eyes* (*being*) *closed*. （他閉著眼睛躺在草地上不動。）

= He lay still on the grass, *and his eyes were closed*.

Don't speak *with your mouth full*.

（滿嘴食物，不要說話。）

He went angrily away, *without a word spoken*.

= He went angrily away, *and not a word was spoken*.

（他很生氣地走開，一句話也沒說。）

2. 「with + 受詞 + 現在分詞」，也可以表示「附帶狀態」：

【例】 *With night coming on*, we started for home.

（夜晚來臨，我們上路回家。）

She ran and ran *with heads of sweat running down* her face.

（她不停地跑，汗珠順著臉留下來。）

§舉一反三

1 有些獨立分詞意義上的主詞表示「**一般人**」如 we, you, one 時，
主詞可以省略，稱為「**非人稱獨立分詞片語**」。常見非人稱獨
立分詞片語如下：

speaking of~ 談到~

judging from~ 由~判斷

calculating roughly 大致算來

frankly speaking 坦白說

summing up 總之

generally speaking 一般說來

《考前實力測驗》

On the table was a bowl *with the words*, "To Insure
Promptitude, " *printed* around it.

【翻譯】 在桌上有隻碗，碗緣上印著這幾個字：「確保迅速」。

【解析】 **with** + **名詞** + **分詞**「以~狀態」。

【註釋】 promptitude〔'prɑmptə,tjud〕*n.* 迅速

句型 39

《公式 69》**including** + 名詞「包括～」

《公式 70》**according to** + 名詞「根據～」

《公式 71》**providing (that)** + 子句「如果～」

【背誦佳句】　All on the plane were lost, *including* the pilot.

包括飛行員在內，機上的人全部罹難。

【背誦佳句】　*According to* the newspaper, he will resign soon.

根據報上說，他即將辭職。

【背誦佳句】　I will go *providing* (that) it doesn't rain. 如果不下雨，我就會去。

§公式解析

1〉 including 是分詞做**介系詞**用。

【例】 Ten persons got hurt, *including* the driver.

（十人受傷，包括司機在內。）

⇨ including 還可代換成下列兩種表達方式：

> Ten persons got hurt, *including* the driver.
> = Ten persons got hurt, the driver *included*.
> = Ten persons got hurt, *inclusive of* the driver.

2⟩ according to 也是分詞做**介系詞**用，後面須接名詞，**不能接子句**。

【例】 *According to* the newspaper, there was a big fire in London. (據報紙報導，倫敦發生一場大火。)

3⟩ providing 是分詞，做**連接詞**用。

【例】 *Providing* (*that*) the earth were flat, what would happen?

= *If* the earth were flat, what would happen?

(如果地球是平的，結果會怎樣呢？)

§舉一反三

1⟩ excluding 的用法同 including，見下例：

Ten persons escaped, *excluding* the captain.

= Ten persons escaped, the captain *excluded*.

= Ten persons escaped, *exclusive of* the captain.

(十個人逃了，不包括隊長在內。)

2⟩ according to 接名詞，作「根據」解；according as 接子句，作「依照；根據」解，試比較下面兩句：

【例】 They were seated *according to* their rank.

(他們按階級入座。)

You may go or stay, *according as* you decide.

(去留隨你決定。)

3⟩ providing (that)「如果」的類例：

① Granting (*that*)～ = Granted (*that*)～

= Admitting (*that*)～ = Though～ 即使～

② Seeing (*that*) ~ = Considering (*that*) ~
   = Now (*that*) ~ = Since ~　既然 ~

③ Supposing (*that*) ~ = Suppose (*that*) ~
   = Provided (*that*) ~ = Providing (*that*) ~ = If ~　如果 ~

《聯考試題引證》

Out of 40 Westinghouse finalists, nine, ***including*** Ning, were born in Asia and three others were of Asian descent.　　　　　　　　　　　　　　　　　　　【日大】

【翻譯】　美國西屋科學獎的四十名決選者中，包括寧在內，有九名
　　　　　出生在亞洲，另外還有三名是亞洲人的後裔。

【解析】　**including** A = A **included** 「包括 A」

【註釋】　finalist〔'faɪnl̩ɪst〕*n.* 決賽選手
　　　　　descent〔dɪ'sɛnt〕*n.* 血統

《考前實力測驗》

Mary: How did you find my sister?

Dick: She was no more intelligent than you.

According to Dick, Mary's sister was as foolish as Mary.

【翻譯】　瑪麗：「你覺得我妹妹如何？」
　　　　　迪克：「她和妳一樣不聰明。」
　　　　　根據迪克所言，瑪麗的妹妹和她一樣笨。

【解析】 no more…than～「和～一樣不…」；

according to A「根據 A (的說法)」。

【註釋】 find〔faɪnd〕*v.* 覺得

─ 《聯考試題引證》 ─

請從下題的五個答案中，選出所有能使句義完整，合乎習慣的選項：

I would like to try, _____ you agree to give me a free hand.

(A) provide for   (B) provided that

(C) as long as   (D) whether

(E) if   【日大】

【答案】 (B) (C) (E)

【解題】 我願意試試看， _____ 你同意由我全權處理。

(B) **provided that** = (E) **if**「如果」；

(C) as long as = if only「只要」；

(D) whether～or not「不論是否～」，引導副詞子句時，or not 不可省略；而引導名詞子句時，or not 可以省略。

【註釋】 *a free hand* 全權；無拘束

第 6 章 ▶ 實力測驗題

一、中翻英：

1. 約翰帶著閃耀的眼神，突然跑出房間。　　　　【彰女】

   _____

2. 我的腳踏車上禮拜天被偷了。　　　　　　　【日大】

   _____

3. 因為沒有計程車，我們只好走路。　　　　【新竹中學】

   _____

4. 不論別人怎麼說，你都該按照計畫行事。　　　【夜大】

   _____

5. 我們應該請醫生替她檢查。

   _____

二、英翻中：

1. *Granting* what he said, it will not enable us to overcome
   the difficulty.　　　　　　　　　　　　【台中一中】

   _____

2. You ought to *have* the grass *cut*.　　　　　【彰中】

   _____

3. *Given* encouragement and help, he *would not have failed*.

【日大】

_____

4. *According to* the newspaper, none of the people helped the man on the platform.

_____

5. *Having worked* twelve hours, I am *good and* tired.

【台中女中】

_____

三、短文翻譯：

下列 5 題爲一則短文，請將各題的中文譯成英文，文長共 80 個單詞（words）左右。

1. 湯姆坐在椅子上，交叉著雙臂考慮那件事。

_____

2. 根據湯姆所得到的消息顯示，他的對手的確比他強。

_____

3. 所有的人，包括湯姆自己在內，都認爲比賽一定會輸。

_____

4. 但是藉著他自己的毅力，湯姆終於打敗了他的對手。

_____

5. 當他得意洋洋地回家時，的確讓所有的人都嚇了一跳。

_____

第 6 章　實力測驗詳解

一、中翻英：

1. John *rushed out of* the room *with* his eyes *shining*.

2. I *had* my bicycle *stolen* last Sunday.

3. There *being* no taxis, we had to walk.

4. *Whatever* others may say, you should act *according to* the plan.

5. We ought to *have* her *examined* by the doctor.

二、英翻中：

1. 就算他說的是對的，那也不能幫我們克服難關。
2. 你該找人來割草。
3. 假如得到鼓勵和幫助，他就不會失敗了。
4. 根據報紙報導，沒有人幫助在月台上的那個人。
5. 工作十二小時後，我累死了。【*good and* 非常；十分】

三、短文翻譯：

1. *Sitting* on the chair, Tom *thought* the matter *over with* his arms *folded*.

2. *According to* all the information Tom got, his opponent was *the better*.

3. All people, *including* Tom himself, thought Tom would *lose the game*.

4. But *with* his perseverance, Tom beat his opponent at last.

5. He did *make* others *surprised* when he came back *in triumph*.

第 7 章

動名詞 Gerund

句型 **40**

《公式 72》　**on + V-ing**「一···就」

《公式 73》　**in + V-ing**「當···的時候」

【背誦佳句】　*On reading* the memo, she turned pale.
她一讀那張便條紙，臉色就發白。

【背誦佳句】　You must be careful *in crossing* the street.　穿越馬路時，你必須小心。

§公式解析

1）on + V-ing 的句型中，on 是表示「**在某事發生的時候**或**緊接著某事之後**」，常作「**一···就**」解，相當於 **as soon as**。

【例】*On hearing* the news, she turned pale.
= *As soon as* she heard the news, she turned pale.
（一聽到這個消息，她的臉色就變白了。）

⇨ on (at) + 名詞，有時候也作「一···就」解，也相當於 **as soon as**。

【例】*On* (*at*) *his mother's death*, he went to New York.
= *As soon as* his mother died, he went to New York.
（他母親一過世，他就到紐約去了。）

② in + V-ing 作「當…的時候」解，可代換成**副詞子句**。

【例】 *In crossing* the road, please look out for cars.

= *When you cross* the road, please look out for cars.

（當你過馬路時，請小心車子。）

§舉一反三

① on + V-ing 之相等句型

on + V-ing = at + N. (一…就) = as soon as + 子句

$$= \begin{cases} \text{hardly}\cdots\text{when (before)}\cdots \\ \text{scarcely}\cdots\text{when (before)}\cdots \\ \text{barely}\cdots\text{when (before)}\cdots \\ \text{no sooner}\cdots\text{than}\cdots \end{cases}$$

$$= \begin{cases} \text{the moment (\textit{that})}\cdots \\ \text{the instant (\textit{that})}\cdots \\ \text{the minute (\textit{that})}\cdots \end{cases}$$

《聯考試題引證》

As soon as he heard the news, he wrote to me.

= *On* _____ the news, he wrote to me.　　【夜大】

【答案】 **hearing**

【翻譯】 他一聽到這個消息，就立刻寫信給我。

【解析】 **on + V-ing**「一…就」。

《聯考試題引證》

In preparing for an examination, observe the commonsense rules of health: Get sufficient sleep and rest, eat proper foods, plan recreation and exercise.　　　　　　　　　　　【夜大】

【翻譯】 在準備考試時，要遵守健康的常規：有充分的睡眠和休息，吃適當的食物，並且安排娛樂和運動。

【解析】 **in + V-ing**「當…的時候」。
In preparing for an examination
= When you prepare for an examination

【註釋】 observe〔əb'zɜv〕v. 遵守
commonsense〔'kɑmən'sɛns〕adj. 常識的
sufficient〔sə'fɪʃənt〕adj. 充分的
proper〔'prɑpɚ〕adj. 適當的
recreation〔ˌrɛkrɪ'eʃən〕n. 娛樂

《國外試題引證》

In filling out forms, it is important to write clearly.

【翻譯】 在填寫表格時，最重要的是要寫清楚。

【解析】 **in + V-ing**「當…的時候」。

【註釋】 **fill out** 填寫　　form〔fɔrm〕n. 表格

句型 41

《公式 74》 **come near + V-ing**「幾乎～；差點～」

《公式 75》 **past + V-ing**「無法～」

【背誦佳句】 I *came near being* knocked down by the truck. 我差點被那卡車撞倒。

【背誦佳句】 The machine is *past repairing*. 這部機器無法修理。

§公式解析

1 come near + V-ing 是**動名詞**的慣用語，在 near 和 V-ing 之間省略了介系詞 **to**。

【例】 The army *came near* (*to*) *obtaining* a complete victory. (這支軍隊幾乎獲得全勝。)

⇨ 在這個句型中，come 可用 **go** 來代換。

【例】 I *came* (= *went*) near forgetting it. (我差點忘了它。)

2 past + V-ing 是動名詞的慣用語，past 是介系詞，後面接**動名詞**或**名詞**，不可接不定詞，而且要以**主動表被動**。

【例】 This miracle is past *being explained*. 【誤】 This miracle is *past explaining*. 【正】 This miracle is *past explanation*. 【正】 (這項奇蹟難以說明。)

§舉一反三

1》 come near + V-ing 的代換句型：

> come near + V-ing「幾乎…」
> = come close to + V-ing
> = nearly + V.

2》 past + V-ing 的代換句型：

> be past + V-ing「無法～」
> = be past + N.
> = be beyond + N.

《考前實力測驗》

He's *past praying* for.

【翻譯】 他已經無可救藥了。

【解析】 **past** + **V-ing**「無法～」。

【註釋】 pray〔pre〕*v.* 祈禱

　　　　be past praying for 沒有悔改（挽回）的希望

句型 42

《公式 76》　**remember + V-ing**「記得曾～」

《公式 77》　**remember + to V.**「記得要～」

【背誦佳句】　I *remember meeting* him once.
　　　　　　　我記得曾見過他一次。

【背誦佳句】　You must *remember to* meet me at
　　　　　　　three.　你必須記得三點要來接我。

§公式解析

1 remember 後面可接動名詞或不定詞，但意義不同：

remember +
$\begin{cases} \text{動名詞} —— \text{動作已經發生} \\ \text{不定詞} —— \text{動作尚未發生} \end{cases}$

$\begin{cases} \text{I } \textit{remember mailing} \text{ the letter.} \\ \text{（我記得把信寄出去了。）} \\ \text{I will } \textit{remember to} \text{ mail the letter.} \\ \text{（我會記得去寄信。）} \end{cases}$

⇨ 不定詞和動名詞的差別，在於不定詞表示**尚未發生的動作**，
　動名詞則表示**已有的經驗**。

He is a millionaire, but $\begin{cases} \textit{having} 【正】 \\ \textit{to have} 【誤】 \end{cases}$ money

does not solve all his problems.

（他是個百萬富翁，但有錢並不能解決他所有的問題。）

§舉一反三

1⃝ 下列動詞後面皆可接動名詞或不定詞，但意義不同：

① forget + { 動名詞：忘記曾做過～
　　　　　　 不定詞：忘記去做～

② regret + { 動名詞：後悔～
　　　　　　 不定詞：抱歉～；遺憾要～

③ try + { 動名詞：試著～
　　　　　 不定詞：努力～；企圖～

④ propose + { 動名詞：建議～
　　　　　　　 不定詞：打算～

⑤ stop + { 動名詞：停止做某事
　　　　　 不定詞：停下來，開始做某事

⑥ go on + { 動名詞：無間斷的繼續～
　　　　　　 不定詞：有間斷的繼續～

⑦ learn + { 動名詞：學習～（和 study 同義）
　　　　　　 不定詞：學會了～

《聯考試題引證》

Please *remember to* mail those letters for me on your way to school. 【日大】

【翻譯】　請記得在你上學的途中，替我寄那些信。

【解析】　**remember to V.**「記得（去做）～」。

句型 43

《公式 78》　**worth + V-ing**「值得～」

【背誦佳句】　A book *worth reading* once is *worth reading* twice.

値得讀一遍的書，就值得讀兩遍 —— 好書值得一讀再讀。

§公式解析

[1] worth 當形容詞時，帶有介系詞的性質，後面可接名詞或動名詞為其受詞。但接動名詞時有三個條件必須遵守：**主動的**，**及物動詞**，但**沒有受詞**。

The museum is worth $\begin{cases} \textit{being seen.}【誤】 \\ \textit{seeing.}【正】 \end{cases}$

（這博物館值得一看。）

The question is worth $\begin{cases} \textit{discussing it}【誤】 \\ \textit{discussing}【正】 \end{cases}$ further.

（這個問題值得更進一步討論。）

⇨ worth 除了上述用法，還有 worth while 的句型：

It（虛主詞）**+ be worth while +** **不定詞或動名詞**（**真主詞**）while 是名詞，作「（短的）時間；暫時」解，前面可加所有格，在現代英語中 worth while 常連成一個字，即 worthwhile，當形容詞，作「值得做的」解。

【例】　It is *worth my while* to read this book.
　　　= It is *worthwhile for me* to read this book.
　　　（這本書值得我讀。）

§舉一反三

1. worth + V-ing 之相等句型：

主詞（含 it）+ be worth + V-ing
= It（虛主詞）+ be worth while + 不定詞或動名詞（眞主詞）

= 主詞（含 it）+ be worthy $\begin{cases} \text{of being + p.p.} \\ \text{to be + p.p.} \end{cases}$

= It pays to + V.

The movie is *worth seeing*.（那部電影值得看）
= It is *worth* (my) *while to* see the movie.
= It is *worth* (my) *while seeing* the movie.
= It is *worthwhile to* see the movie.
= It is *worthwhile seeing* the movie.
= The movie is *worthy of being* seen.
= The movie is *worthy to be* seen.
= It *pays to* see the movie.

⇨ worthy 後面，可接 of +（動）名詞，也可接不定詞，
　 但主動、被動要分清楚。

He is worthy $\begin{cases} \text{of filling} \\ \text{to fill} \end{cases}$ the post.

（他能擔任這個職務。）

This is worthy $\begin{cases} \text{of remembrance.} \\ \text{of being remembered.（這值得紀念。）} \\ \text{to be remembered.} \end{cases}$

《聯考試題引證》

請將下題之中文譯成正確通順的英文：

這一篇文章值得仔細閱讀。　　　　　　　　【日大】

【答案】 This article is
- *worth reading* carefully.
- *worthy of being* read carefully.
- *worthy to be* read carefully.

【解析】 be worth + V-ing「值得～」

= be worthy
- of being + p.p.
- to be + p.p.

【註釋】 article〔ˊɑrtɪkļ〕*n.* 文章

《國外試題引證》

It is *worth visiting* the Louvre while you are in Paris.

【翻譯】 當你在巴黎時，羅浮宮很值得一遊。

【解析】 be worth + V-ing「值得～」。

【註釋】 *the Louvre* （巴黎的）羅浮宮

句型 44

《公式 79》 **of** *one's* **own + V-ing**「自己～的」

【背誦佳句】 This is a picture *of her own painting*.
這是她自己畫的圖。

§公式解析

1) of *one's* own + V-ing 是**動名詞**的慣用語，作「是自己…的」
解，可用**被動語態**來代換。

【例】 His house is *of his own planning*.
= His house was *planned by him*.
（他的房子是他自己設計的。）

⇨ 試比較下列兩句，以了解其差異：

The failure was *of his own making*.
（那次失敗是他自己造成的。）

That failure was *the making of him*.
（那次失敗是他成功的因素。）

【making **當純粹名詞**時，作「成功的因素」解】

§舉一反三

1) of *one's* own + V-ing 之代換：
of *one's* own + V-ing = be + 過去分詞 + by + *oneself*

2) 常見之動名詞慣用語：
① It goes without saying that…（…是不用說的）
② make a point of + V-ing（必定；主張；強調）

句型 45

《公式 80》 **There is no + V-ing**「～是不可能的」

【背誦佳句】 ***There is no knowing*** what will happen next.

誰也不知道接下來會發生什麼事。

§公式解析

1 There is no 後面須接**動名詞**，作「～是不可能的」解，等於 **It is impossible to V**.。

【例】 ***There was no going*** out that night because of the rain.

= *It was impossible to go* out that night because of the rain.

（那天晚上因為下雨，我們無法出去。）

§舉一反三

1 there is no + V-ing 的句型代換：

There is no V-ing「～是不可能的」

= It is impossible to + V.

= No one can + V.

= We cannot + V.

┌─ 《聯考試題引證》 ─────────────┐
│   │
│ ***There is no telling*** when they can be here today. 【日大】 │
│   │
└────────────────────────────┘

【翻譯】　無法得知他們今天何時會抵達這裡。

【解析】　**There is no + V-ing**「～是不可能的」。

【註釋】　tell〔tɛl〕*v.* 知道

┌─ 《考前實力測驗》 ─────────────┐
│   │
│ ***There is no telling*** when the rain would stop. │
│   │
└────────────────────────────┘

【翻譯】　無法得知雨什麼時候會停。

【解析】　**There is no + V-ing**「～是不可能的」。

【註釋】　tell〔tɛl〕*v.* 知道

┌─ 《國外試題引證》 ─────────────┐
│   │
│ ***There is no knowing*** how many stars are in the universe. │
│   │
└────────────────────────────┘

【翻譯】　無法得知宇宙中有多少個星星。

【解析】　**There is no + V-ing**「～是不可能的」。

【註釋】　star〔stɑr〕*n.* 星星；恆星
　　　　　universe〔'junə,vɝs〕*n.* 宇宙

句型 46

《公式 81》 **cannot help + V-ing**「不得不；忍不住」

【背誦佳句】 I *can't help admiring* your courage.
我不得不佩服你的勇氣。

§公式解析

1) cannot help + V-ing 句型中，help 作「避免；阻止」解，相
當於 avoid，後面除了接**動名詞**外，也可接**名詞**或**代名詞**。

【例】 She *cannot help* her *tears*. (她無法忍住淚水。)

I did it because I *could not help it*.

(我做這件事是因為我不得不去做。)

⇨ cannot help + V-ing 的句型中，在動名詞前可以加上**所有格**。

【例】 I *cannot help his being* poor. (我無法使他免於貧窮。)

⇨ 比較： I shan't do it if I *can help it*.

(要是能避免的話，我就不會做這件事。)

I will try my best if I *can help with* it.

(如果能幫得上忙的話，我會盡全力。)

§舉一反三

1) cannot help + V-ing 的代換句型：

cannot help (avoid, resist, forbear) + V-ing「不得不～」

= cannot keep (refrain, abstain, desist) from + V-ing

= cannot hold (keep) back from + V-ing

= cannot help but + V.

= cannot but + V.

句型 **47**

《公式 82》 **look forward to + V-ing**「期待」

【背誦佳句】 *I'm looking forward to seeing* you again. 我期待能再見到你。

§公式解析

1️⃣ look forward to + V-ing 中，**to** 為介系詞，後面應接**名詞**或**動名詞**為受詞，不可接原形動詞。

【例】 I am *looking forward to* your arrival.
（我期待你的來臨。）

I am *looking forward to* your coming to the party.
（我希望你能參加這個宴會。）

§舉一反三

1️⃣ 有許多片語的 to 是介系詞，後面須接名詞或動名詞，常見類例如下：

add to 增加	come to 談到
adhere to 黏著；堅持	confess to 供認
admit to 承認	devote oneself to 致力於
amount to 等於	feel up to 能勝任
apply oneself to 致力於	have an objection to 反對
be accustomed to 習慣於	in regard to 關於
adjust to 適應	in reference to 關於
be dedicated to 致力於	in relation to 關於
be devoted to 致力於	in respect to 關於

be given (up) to　耽溺於
be opposed to　反對
be used to　習慣於
cling to　附著；堅持
see to　注意
stick to　堅持
with an eye to　爲了
yield to　向…屈服
be addicted to　耽溺於；對～上癮
in addition to　除了…之外（還有）
subject to　以…爲條件；易受…的

next to　幾乎
object to　反對
resort to　訴諸
respond to　回答
take to　喜歡
with a view to　爲了
take exception to　反對

《聯考試題引證》

下列題目附有四個選項來解釋該題題意，請選出與題目意義
最接近的一個答案。　　　　　　　　　　　　　【夜大】

(　　) For some time I have been eagerly *looking
　　　forward to John's joining the partnership; but
　　　so far there has been little sign of it.
　　　(A) John once indicated that he might consider
　　　　　our wish for his joining the partnership.
　　　(B) I had second thoughts about inviting John
　　　　　to join the firm as a partner.
　　　(C) I didn't see any sign that John's working
　　　　　with me could produce any profitable results.
　　　(D) I was eager for a dissolution of the
　　　　　partnership with John.

【答案】 (B)

【翻譯】 有一段時間，我一直渴望約翰加入合夥，但是到目前為
　　　　 止，沒什麼跡象。

(A) 約翰曾指出，他可能考慮我們希望他加入合夥的事。

(B) <u>我再三考慮邀約翰加入公司合夥的事。</u>

(C) 我看不出任何跡象，顯示約翰和我一起工作，能產
　　　 生有利的結果。

(D) 我渴望和約翰拆夥。

【註釋】 eagerly〔ˈigəlɪ〕adv. 渴望地
　　　　 partnership〔ˈpɑrtnɚˏʃɪp〕n. 合夥（關係）
　　　　 so far 到目前為止　　sign〔saɪn〕n. 跡象
　　　　 indicate〔ˈɪndəˏket〕v. 指出
　　　　 second thought(*s*) 再三考慮　　firm〔fɝm〕n. 公司
　　　　 produce〔prəˈdjus〕v. 產生
　　　　 profitable〔ˈprɑfɪtəbḷ〕adj. 有利可圖的
　　　　 dissolution〔ˏdɪsəˈluʃən〕n. 分裂；解除

《國外試題引證》

I *look forward to seeing* you on Friday.

【翻譯】 我很期待星期五能見到你。

【解析】 **look forward to V-ing**「期待」。

句型 48

《公式 83》 **no use + V-ing**「～是沒有用的」

【背誦佳句】 It is *no use crying* over spilt milk.

【諺】覆水難收。

§公式解析

1 It is no use + V-ing 是屬於**動名詞**的慣用語,一般 no use 後面應接動名詞,不過口語中也可接不定詞。

【例】 It is *no use to try* to deceive me.

(想騙我是沒用的。)

⇨ It is no use + V-ing 的句型中,use 還可用 **good** 和 **point** 來代換。

【例】 It is *no use crying*. (哭是沒有用的。)

= It is *no good crying*.

= There is *no point crying*.

⇨ 在此句型中,有時可依句意需要,在動名詞前加上**所有格**。

【例】 It was*n't much use your pretending* to be sick.

(你假裝生病也沒多大用處。)

§舉一反三

1 It is no use + V-ing 的代換句型：

It is no use + V-ing
= It is no use to + V.
= It is useless to + V.
= There is no use (good, point) + (in) + V-ing

《聯考試題引證》

The money was stolen and we had no chance of getting it back, so I explained to her that there was *no use crying* over spilt milk.　　　　　　【日大】

【翻譯】 錢已經被偷了，而且我們不可能把它找回來，所以我向她說明覆水難收，哭也沒用。

【解析】 **no use + V-ing**「～是沒有用的」。

《國外試題引證》

It is *no use looking* for the paper; I know I threw it away.

【翻譯】 找那張紙是沒用的；我知道我把它丟掉了。

【解析】 **no use + V-ing**「～是沒有用的」。

【註釋】 *throw away* 丟掉

句型 49

《公式 84》 **need + V-ing**「需要（被）～」

【背誦佳句】 My camera *needs mending*.

我的相機需要修理。

§公式解析

1 「need + V-ing」的句型中，need 後面所接的動名詞，必須以**主動表被動**。

The trees *need trimming*.【正】

（這些樹木需要修剪。）

The trees *need being trimmed*.【誤】

⇨ 除了 need 之外，還有些動詞或片語後面所接的動名詞，也是以主動表被動，如：want（需要），require（需要），deserve（應得），bear（經得起），be past（無法）【參照句型 41】，be worth（值得）【參照句型 43】。

⇨ need, want, require, deserve, bear 後面的動名詞，相當於被動語態的不定詞。

【例】 His car wants *repairing*.

（他的車需要修理。）

= His car wants *to be repaired*.

《聯考試題引證》

A home painted with an inferior grade of paint will
need repainting in a third of the time that the same
job with a better grade of paint would have lasted.

【日大】

【翻譯】　用較差油漆所漆的房子，在用較好油漆所能維持的三分
　　　　之一時間內，就需要重漆。

【解析】　painted…of paint 是省略了 which is 的形容詞子句，
　　　　修飾 home。**need + V-ing** 相當於 need to be + p.p.。

【註釋】　inferior〔ɪnˈfɪrɪɚ〕*adj.* 較劣的
　　　　grade〔gred〕*n.* 等級
　　　　last〔læst〕*v.* 持續

《國外試題引證》

The jeans ***need mending***. You can't go around with
holes in your clothes.

【翻譯】　這條牛仔褲需要修補。你總不能穿著有破洞的衣服到處跑。

【解析】　**need + V-ing**「需要（被）～」。

【註釋】　jeans〔dʒinz〕*n. pl.* 牛仔褲　　　mend〔mɛnd〕*v.* 修補
　　　　go around　四處走動

句型 50

《公式 85》　have trouble + V-ing「～有困難」

【背誦佳句】　He *has trouble passing* the examination.

他想通過考試有困難。

§公式解析

1　have trouble + V-ing 的句型中，have 作「有」解，trouble 後面的 in 常省略，故須加**動名詞**。這類名詞（片語）一共有六個，詳見「舉一反三」。

【例】　I *have trouble (in) getting* the car started.

（我要發動這部汽車有困難。）

⇨ take the trouble to 後面須接**原形動詞**，作「費心；費力」解。

【例】　You needn't *have taken the trouble to do* it for me.

（你原本不必費心爲我做那件事。）

⇨ had a hard time 後接**否定動作**時，須接不定詞，作「難以」解。

【例】　He was so funny that I *had a hard time not to burst* out laughing.

（他是如此的有趣，以致於我很難忍住而不爆笑出來。）

§舉一反三

1 have trouble + V-ing 的類似句型：

$$\text{have} \begin{cases} \text{trouble, difficulty} \\ \text{fun, pleasure} \\ \text{a hard time, a good time} \end{cases} \text{(in)} + \text{V-ing}$$

--- 《考前實力測驗》 ---

She *had no trouble selecting* her future career.

【翻譯】 她毫不費力地選擇了將來的出路。

【解析】 **have no trouble + V-ing**「輕易～」。

【註釋】 career〔kə'rɪr〕*n.* 職業

--- 《國外試題引證》 ---

Although he is a beginner, Joe *had no trouble skiing* down the mountain.

【翻譯】 雖然喬是一名初學者，但是他卻輕易地從山上滑下去。

【解析】 **have no trouble + V-ing**「輕易～」。

【註釋】 beginner〔bɪ'ɡɪnɚ〕*n.* 初學者
　　　　ski〔ski〕*v.* 滑雪

第 7 章 ▶ 實力測驗題

一、中翻英:

1. 吉姆在找出輪胎的破洞方面有困難。　【台中一中】

_____

2. 他所說的話無可否認。　【台南一中】

_____

3. 鉛筆該削了。　【夜大】

_____

4. 這一篇文章值得仔細閱讀。　【夜大】

_____

5. 我早上差點被狗咬到。

_____

二、英翻中:

1. I *could not help laughing*; he looked so silly.　【夜大】

_____

2. *There is no accounting* for tastes.　【台南一中】

_____

3. Your joke is *worth repeating*. 【左營中學】

_____

4. I *remember mailing* your letter. 【雄中】

_____

5. It is *no use crying* over spilt milk.

_____

三、短文翻譯：

下列 5 題為一則短文，請將各題的中文譯成英文，文長共 80 個單詞（words）左右。

1. 不可否認地，水在夏天極具誘惑力。

_____

2. 儘管許多人以前曾經差點被淹死，他們仍然盼望去游泳。

_____

3. 對大部分的家長而言，想要勸阻他們的孩子去游泳，是沒有用的。

_____

4. 即使有些小孩子不會游泳，他們也忍不住下水了。

_____

5. 由此看來，游泳的確是一項值得從事的運動。

_____

第 7 章 實力測驗詳解

一、中翻英：

1. Jim *had trouble locating* the puncture on the tire.
2. *There is no denying* what he says.
3. The pencil *needs sharpening*.
4. This article is *worth reading* carefully.
5. I *came near being* bitten by a dog this morning.

二、英翻中：

1. 看他一副傻相，我忍不住笑了起來。
2. 人各有所好。
3. 你的笑話百聽不厭。
4. 我記得已經幫你把信寄出去了。
5. 覆水難收。

三、短文翻譯：

1. *There is no denying* that water has great attraction in summer.
2. Though many people *came near being* drowned before, they still *look forward to swimming*.
3. To most parents, it is *no use trying* to *dissuade* their children *from going swimming*.
4. Even if some children *have trouble swimming*, they *cannot help going* down to the water.
5. Judging from these, swimming is really a kind of exercise *worth taking*.

第 **8** 章

否定的表達方式 Negative

句型 **51**

《公式 86》 **not~at all**「一點也不~」
《公式 87》 **not all**「並非全部」
《公式 88》 **not always**「未必」

【背誦佳句】 I do *not* like vegetables *at all*.
我一點也不喜歡蔬菜。

【背誦佳句】 *Not all* Chinese students are
hard-working.
並非全部的中國學生都很用功。

【背誦佳句】 That is *not always* the case.
事情的真相未必是那樣。

§公式解析

1 not~at all 是強烈的否定語句,作「一點也不~」解,相當於
far from。

【例】 I do *not* blame him *at all*. (我一點也不怪他。)
= I am *far from* blaming him.

2 not all 作「並非全部」解,表**部分否定**,all 也可以放在 not
之前,其意不變。

【例】 *All* the students did *not* go. (並非所有的學生都去了。)

3 not always 作「未必」解,這是**副詞的否定用法**,其他類似用
法還有 not completely (並非完全),not necessarily (未
必)…等。

§ 舉一反三

1 not～at all 的代換句型：

not～at all = far from = in no way
= by no means = not～in the least = none too
= not～a bit = not～more or less

2 not all 表部分否定，其常見類例：
not～both（並非兩者都）
not～every（並非每一個都）
not～the whole（並非全部）

⇨ 在「**全部否定**」的句子中，會有 **no, none, neither**…等
表「沒有一個；全都不」的字詞，或是用「否定詞 + any」。

Neither (of them) is my brother.
（他們兩個都不是我的兄弟。）
I did *not* know *any* of them.
（他們我全都不認識。）

3 not always 的常見類例：

not everywhere（並非到處）　　not entirely（並非全部）
not absolutely（並非絕對）　　not exactly（不全是）
not altogether（並非全為）　　not generally（一般並不）
not completely（並非完全）　　not quite（並不十分）
not necessarily（未必）　　　not wholly（未必）

《聯考試題引證》

> In fact, for the past twenty years, it has meant *no* travel *at all*, because I would define a holiday as "a period of time in which you do something completely different from your normal routine." 【日大】

【翻譯】 事實上，過去二十年來，假期一直意謂著完全不旅行，因為我給假期下的定義是：一段你用來做些完全不同於例行工作的時期。

【解析】 **no~at all**「一點也不~」。

【註釋】 mean〔 min 〕*v.* 意謂　define〔 dɪ'faɪn 〕*v.* 下定義
normal〔'nɔrml 〕*adj.* 正常的；普通的
routine〔 ru'tin 〕*n.* 例行公事；日常工作

《聯考試題引證》

> People are sometimes unwilling to answer questions. *Not all* the questions that are put to them are ones they are willing to answer. If you insist upon getting an answer, you are likely to get a false answer. Ask no questions and you will be told no lies. 【夜大】

【翻譯】 有時候人們不大願意回答問題，雖然並不是對於別人提出的所有問題都是如此。如果你堅持要得到一個答覆，也許你會得到一個假的答案。什麼問題都不問，你就不會被欺騙。

【解析】 **not all** ~「並非全部的~」；be likely to + V.「可能~」。

【註釋】 unwilling〔ʌn'wɪlɪŋ〕*adj.* 不願意的　　put〔pʊt〕*v.* 提出
　　　　insist upon 堅持（= *insist on*）
　　　　false〔fɔls〕*adj.* 錯誤的；假的　　lie〔laɪ〕*n.* 謊言

《聯考試題引證》

請從下題的四個答案中，選出一個正確的答案：

Silence must ＿＿＿＿＿ as consent.　　　　【夜大】

(A) not always read　　　(B) not always reads

(C) not always is read　　(D) not always be read

【答案】 (D)

【翻譯】 沉默未必表示同意。

【解析】 **not always**「未必」，為部分否定；be read as「被認
　　　　為是」，as 後接名詞或形容詞做主詞補語；本句主詞為
　　　　silence，依句意，後面須用被動語態。句中有助動詞
　　　　時，後面動詞用原形，所以 (A) (B) (C) 均不合。

【註釋】 silence〔'saɪləns〕*n.* 沉默　　read〔rid〕*v.* 解釋
　　　　consent〔kən'sɛnt〕*n.* 同意

句型 52

《公式 89》 **not A but B**「不是 A 而是 B」

《公式 90》 **not so much A as B**
「與其說是 A，不如說是 B」

【背誦佳句】 John is *not* a scholar *but* a journalist.
約翰不是學者，而是記者。

【背誦佳句】 John is *not so much* a scholar *as* a journalist.
與其說約翰是個學者，不如說是個記者。

§公式解析

1 not A but B 作「不是 A 而是 B」解，其中 A、B 必須是文法作用相同的**單字、片語**或**子句**。

【例】 We ought to think *not* of ourselves *but* of others.
（我們不應想到自己，而應想到別人。）【連接片語】

It was *not* that I loved Caesar less, *but* that I loved Rome more. 【連接子句】
（不是我較不愛凱撒，而是我更愛羅馬。）

⇨ not A but B 如居於主詞位置，則**動詞**應和 B 之人稱、數一致。

【例】 *Not* I *but* you are to blame.
（該受責備的不是我，而是你。）

2 **not so much A as B** 與 **not A so much as B** 都是「與其說
是 A，不如說是 B」的意思，其中 A、B 必須是文法作用相
同的單字、片語或子句。另外，本公式亦可代換成 **B rather
than A**，但要注意 A、B 的位置。

【例】 John is *not so much* a scholar as a journalist.
= John is *not* a scholar *so much as* a journalist.
= John is a journalist *rather than* a scholar.
（與其說約翰是個學者，不如說是個記者。）

⇨ not so much as V. 與本公式的形式雖然相似，但作「**甚至
不**」解，等於 **not even V.**，注意不要混淆。

【例】 She could *not so much as* write her own name.
= She could *not even* write her own name.
（她甚至連自己的名字也不會寫。）

§舉一反三

1 not so much A as B 的句型代換：

not so much A as B「與其說是 A，不如說是 B」
= not A so much as B = not A but rather B
= less of A than of B = more of B than of A
= B rather than A

句型 53

《公式 91》　**far from~**
　　　　　　anything but~　「並不~；絕不~」

《公式 92》　**the last~**「最不~的」

【背誦佳句】　Children are *far from* angels.
　　　　　　小孩並不是天使。

【背誦佳句】　John is *anything but* a good student.
　　　　　　約翰絕不是個好學生。

【背誦佳句】　Tom is *the last* man to betray his
　　　　　　friends.
　　　　　　湯姆是最不可能出賣他朋友的人。

§公式解析

1 far from 是表潛在否定的慣用語，後面如接動詞時，須接**動名詞**。

【例】　I am *far from* *liking* him.
　　　（我一點也不喜歡他。）

　⇨ far from 後面可接**名詞**。如果接形容詞時，可視為形容詞前的 being 省略，而且 far 可依句意需要，**改為比較級**。

【例】　Nothing was *further from* her intention than to destroy my faith.（她絕無破壞我的信念的意圖。）

　　　His explanation is *far from* (*being*) satisfactory.
　　　（他的解釋並不令人滿意。）

⇨ anything but 是慣用語，作「並不；絕不」解，**當副詞**用，
其中 but 相當於 **except**。

【例】 His manners are ***anything but*** pleasant.
（他的態度並不使人愉快。）

2▷ the last～ 是表潛在否定的慣用語，後面接名詞，再接不定詞
（片語）或形容詞子句。

【例】 That is ***the last*** thing I should expect him to do.
= It seems most ***impossible*** that he will do it.
（那是他最不可能做的事。）

§舉一反三

1▷ far from 的常見類例：

far from = anything but = in no way
= in no respect = by no means = not～at all
= not～a bit = not～in the least = not～more or less

2▷ 其他表潛在否定的慣用語：

be above + V-ing「不屑」
fail to V.「無法」
beyond + 名詞「無法；非～所及」
too～to V.「太～而不能」

⇨ 潛在否定即**不用任何否定的字**，來表達否定之意義。

《聯考試題引證》

請從下題的四個選項中，選出一個符合題意的翻譯：

My guess could be anything but fair. 【夜大】

(A) 要我猜，一定猜不中。

(B) 我要就不猜，每猜必中。

(C) 一定要我猜，未免不公平。

(D) 我猜事情必有蹊蹺。

【答案】 (A)

【解析】 **anything but**「絕不；一點也不」。

【註釋】 fair〔fɛr〕*adj.* 好的；可能準確的

《聯考試題引證》

請在下題的兩個空格中填入正確通順的英文：

他是你最好的朋友，再怎麼樣也不會出賣你。

As your best friend, he will be _____ _____ person
to betray you. 【日大】

【答案】 **the last**

【解析】 **the last ~**「最不 ~ 的」。

【註釋】 betray〔bɪˋtre〕*v.* 出賣

句型 54

《公式 93》 **cannot ~ too** 「再怎麼 ~ 也不為過」

【背誦佳句】 I *can't* thank you *too* much.

我再怎麼感謝你也不為過。

§ 公式解析

1 cannot ~ too … 的句型，字面意思是「不可能太 …」，引申為

「再 … 也不為過；越 … 越好」。

【例】 You *cannot* study *too* much. (你越用功越好。)

§ 舉一反三

1 cannot ~ too … 的代換句型：

【例】 We *cannot* praise him *too* much.

(我們再怎麼稱讚他也不為過。)

$$= \text{We } \textbf{\textit{can}} \left\{ \begin{array}{l} \textbf{\textit{never}} \\ \textbf{\textit{hardly}} \\ \textbf{\textit{scarcely}} \end{array} \right\} \text{praise him} \left\{ \begin{array}{l} \textbf{\textit{sufficiently.}} \\ \textbf{\textit{enough.}} \end{array} \right.$$

= We *cannot overpraise* him.

$$= \text{It is} \left\{ \begin{array}{l} \textbf{\textit{impossible}} \\ \textbf{\textit{hardly possible}} \end{array} \right\} \text{(for us) to } \textbf{\textit{overpraise}} \text{ him.}$$

2 cannot 常見的兩個慣用語：

cannot care less (毫不在乎)

cannot agree more (完全同意)

3 **too ready to**~「很喜歡~」，此句型的不定詞是用來修飾 ready，而非修飾 too，此不定詞**沒有否定**的意味。請看例句：

【例】 Mary is **too ready to** cry. (瑪麗很喜歡哭。)

《聯考試題引證》

請根據以下會話，從四個選項中，選出一個正確的答案：

Peggy : What do you think of Dr. Peterson's speech?

Jane : What he says makes sense. How about you?

Peggy : I *can't* agree *more* with you.

What do Peggy and Jane think of Dr. Peterson's speech?

(A) They do not like it.　　　　　　　　　　【日大】

(B) Both of them like it.

(C) Peggy likes it but Jane does not.

(D) Jane thinks that the speech makes no sense.

【答案】 (B)

【翻譯】 佩姬：妳認為彼得森博士的演講怎樣？

珍：他說得有道理。妳認為呢？

佩姬：我非常同意。

佩姬和珍認為彼得森博士的演講怎樣？

(A) 她們不喜歡。　　　(B) 她們兩個都喜歡。

(C) 佩姬喜歡，但珍不喜歡。

(D) 珍認為那篇演講沒有意義。

【解析】 **cannot agree more**「非常同意」。

【註釋】 *think of* 認為　　　speech〔spitʃ〕*n.* 演講

make sense 有道理；有意義　　*agree with* 同意某人

句型 55

《公式 94》　**never…without + V-ing**　「每…必～；
《公式 95》　**never…but**　　　　 沒有…而不～」

【背誦佳句】　They *never* meet *without* quarreling.
【背誦佳句】　They *never* meet *but* they quarrel.
　　　　　　　他們每次見面必定吵架。

§公式解析

1 without 表示否定，作「沒有；無」解，是 with 的相反詞，用
在 never, no, not 等**否定副詞**之後，則爲「**雙重否定**」，表肯
定意義，作「**沒有…而不～；每…必～**」解。

　　【例】 I *never* see her *without* thinking of her mother.
　　　　　（我一見到她，就想起她母親。）
　　　　　 You *cannot* succeed *without* working hard.
　　　　　（你不努力工作，就無法成功。）

2 在否定表達後，可用 **but** 或 **but that** 引導表示**結果**的**副詞子
句**，構成雙重否定，作「**沒有…而不～**」解。此時 but 或 but
that 可用 **unless** 代替。

　　【例】 It *never* rains *but* it pours.
　　　　　（不雨則已，一雨傾盆。）
　　　　　 = It *never* rains *unless* it pours.
　　⇨ never 可以代換成 not, hardly, no 等其他形式的否定詞。

⇨ 注意：下面例句中的 but 不是連接詞，而是**準關係代名詞**。

【例】 There is *no* rule *but* has exceptions.

　　　【no rule 爲先行詞，but 爲準關代】

　　　 = There is *no* rule *that* does *not* have exceptions.

　　　 = *Every* rule has exceptions.

　　　（沒有規則是沒有例外的；凡是規則必有例外。）

§ 舉一反三

1 公式 94 與公式 95 的代換句型：

　　never…without + V-ing

　　= never…but + 子句

　　= Whenever + 子句…, 子句

　　= no matter when + 子句…, 子句

　　= Every time + 子句…, 子句

───《聯考試題引證》───

英譯中：在空格內填入中文（字數不限），使中文和英文的
意思相符。

He *never* goes to a bookstore *without* buying some
books. 他每次進書店，＿＿＿＿＿＿＿＿。　　　【日大】

【答案】 一定會買一些書

【解析】 **never…without + V-ing**「每…必～」。

句型 56

《公式 96》 **nothing to be desired**「毫無缺點」

《公式 97》 **be above + V-ing**「不屑；非～所能及」

【背誦佳句】 Your composition leaves *nothing to be desired*. 你的作文完美無缺。

【背誦佳句】 He *is* not *above asking* questions. 他不恥下問。

§公式解析

1 nothing to be desired 可從字面上直譯，就是「沒有什麼是我們期待你做的」，意即「**沒什麼缺點**」。同理，將 nothing 改為 **something**，意即「有一些缺點」。

【例】 There is *something to be desired* in your work.
（你的工作仍有些缺點。）

2 be above + V-ing 是對該動名詞所表示的動作或行為加以**否定**，作「不屑；非…所能及」解。

【例】 He *is above telling* a lie.（他不屑說謊。）

⇨ be above + **N.** 亦作「不屑；非…所能及」解。

【例】 He is *above meanness* and *deceit*.
（他不屑做卑鄙和欺騙的事情。）

His conduct has always been *above suspicion*.
（他的行為一直無可置疑。）

§舉一反三

1️⃣ nothing to be desired 的常見類例：

little to be desired　很少缺點

much to be desired　很多缺點

2️⃣ be above + V-ing 作「不屑」解時，相當於下列句型：

be above + V-ing

= be too proud to + V.

= be ashamed to + V.

= be unwilling to + V.

《聯考試題引證》

選出與題目意義最接近的一個答案：

John's academic record has not in some ways been a proud one.

(A) John has had outstanding academic performance.

(B) John's academic record has left something to be desired.

(C) John is proud of his academic record.

(D) John has done his best to improve his academic performance.　　　　　【日大】

【答案】 (B)

【翻譯】 約翰的學業成績有待加強。

【解析】 題意爲「約翰的學業成績，在某些方面並不值得驕傲。」，
所以應選 (B) **leave something to be desired**「有待加
強；有些缺點」。
(A) 約翰學業成績傑出。
(C) 約翰以他的學業成績爲榮。
(D) 約翰已盡力改善他的學業成績。

【註釋】 academic〔͵ækə'dɛmɪk〕*adj.* 學術的
academic record 學業成績
in some ways 在某些方面
outstanding〔'aʊt'stændɪŋ〕*adj.* 傑出的
performance〔pə'fɔrməns〕*n.* 成績；表現
improve〔ɪm'pruv〕*v.* 改善

―― 《聯考試題引證》 ―――――――――――――――

He *is* not *above asking* questions.　　　　　　　【日大】
(A) 他不恥下問。
(B) 他不屑發問。
(C) 他一再地發問。
(D) 別怕他問問題。

―――――――――――――――――――――――――

【答案】 (A)

【解析】 **be above + V-ing**「不屑～」。
　　　【否定：be not above + V-ing「不會不屑；不恥～」】

句型 57

《公式 98》 **fail to V**.「無法；沒有」

【背誦佳句】 He *failed to* come in time.

他無法及時趕到。

§公式解析

1) fail to 是表否定的慣用語，後接原形動詞，相當於 cannot。

【例】 I *fail to* see the difference.

（我看不出這區別。）

= I *cannot* see the difference.

⇨ 如果 fail to 之前加上 not, never, without 等否定字，
即成為雙重否定，作「一定」解。

【例】 I *never fail to* keep my word.

（我一定守信用。）

§舉一反三

1) fail to V.的句型整理：

① fail to V. = cannot V. = be unable to V. 「無法」

② not fail to + V. 「一定」

= never fail to + V.

= ⋯without fail

⇨ without fail 是習慣用法，不說 *without failure*。

──《聯考試題引證》──

The minutes finally ticked away, and he still *failed to* come up with an answer.　　　　　　　　【日大】

【翻譯】　一分又一分鐘終於在滴答聲中過去了，他還是想不出答案來。

【解析】　**fail to V.**「無法；未能」。

【註釋】　tick〔tɪk〕*v.* 發出滴答聲
　　　　　come up with 想出（＝ *think of*）

──《聯考試題引證》──

Doctors can be so much concerned with curing diseases that they may *fail to* notice that sometimes what troubles a patient is not really a disease at all.

【日大】

【翻譯】　醫生們可能會因為太關心如何治療疾病，以致於沒有注意到，有時候困擾病人的，事實上根本不是一種疾病。

【解析】　**fail to V.**「無法；未能」。

【註釋】　*be concerned with* ～　關心～
　　　　　disease〔dɪ'ziz〕*n.* 疾病
　　　　　trouble〔'trʌbl̩〕*v.* 困擾
　　　　　patient〔'peʃənt〕*n.* 病人
　　　　　not ～ *at all*　一點也不

句型 58

《公式 99》 **more or less**「或多或少；有幾分」

【背誦佳句】 He was *more or less* drunk.

他有幾分醉意。

§公式解析

1 more or less 是比較級的慣用語，做副詞用，相當於 **somewhat**。

⇨ 在 more or less 前面加上否定字 not，即 not…more or less，則其意思變成「一點也不」，相當於 **not at all**。

【例】 She is *not* beautiful, *more or less*.

（她一點都不漂亮。）

§舉一反三

1 常見含有比較級的慣用語：

sooner or later（遲早）

more or less（或多或少；有點）

no more（沒有剩；死）

none other than（那就是）

once more（再一遍）

more than once（不只一次）

much less（更不用說）【用於否定句】

much more（更不用說）【用於肯定句】

《聯考試題引證》

Their government is simple.　Each tribe has a
male leader, who is *more or less* undemanding.【日大】

【翻譯】 牠們（猩猩）的管理組織很單純。每個群體有位公的首
領，這首領不大要求什麼。

【解析】 **more or less**「多少；有幾分」。

【註釋】 tribe〔traɪb〕*n.*（原始的）部落；群體
undemanding〔ˏʌndɪˈmændɪŋ〕*adj.* 無要求的

《國外試題引證》

Men are *more or less* selfish.

【翻譯】 人多少都有點自私。

【解析】 **more or less**「多少；有幾分」。

【註釋】 men〔mɛn〕*n. pl.* 人
selfish〔ˈsɛlfɪʃ〕*adj.* 自私的

句型 59

《公式 100》 **none too**「一點也不」
      not too「不太」

【背誦佳句】 I got home *none too* soon.
      我回來得恰是時候。

【背誦佳句】 He is *not too* well.
      他的身體不太好。

---

§公式解析

1️⃣ 在 none too 的句型中，none 當**副詞**用，作「絕不；一點也不」解，相當於 **not at all**；這種用法 none 要放在 too 的前面。

 【例】 That price is *none too* high.
   （那個價格一點也不高。）

2️⃣ not too 作「不太」解，相當於 not quite。

 【例】 It is *not too* hot today. (今天不太熱。)

§舉一反三

1️⃣ too 的常見慣用語：

 ① too + 形容詞或副詞 + to V.「太…而不能」

 ② too ready (*or* apt, eager…) to V.「很喜歡…」

 ③ only too = very「非常」

④ too…for +（動）名詞「太…而不能」
　【接動名詞時不可用被動語態，也不可用所有格】

⑤ too…not to V.「非常…不會不～」

⑥ never (or not) too…to～「不會太…而不能（會）～」

⑦ cannot…too～「無論怎樣…都不會太～」

《考前實力測驗》

The trip was *none too* pleasant.

【翻譯】 這趟旅行一點也不愉快。

【解析】 **none too**「一點也不」。

【註釋】 pleasant〔ˊplɛznt〕*adj.* 令人愉快的

【劉毅老師的話】

　　「學習出版公司」專門出版各種學英文的書。「劉毅英文家教班」有兒童美語、國中、高中、英語檢定班(初、中、中高級)、一口氣英語班、演講班等。歡迎同學參觀。

班址：台北市許昌街 17 號 6F (壽德大樓)

句型 60

《公式 101》 **It goes without saying that ~**
　　　　　「~是不用說的」

《公式 102》 **What do you say to + V-ing?**
　　　　　「~你覺得如何？」

【背誦佳句】 *It goes without saying that* health is above wealth. 不用說，健康勝於財富。

【背誦佳句】 *What do you say to visiting* the museum? 去參觀博物館，你覺得如何？

§公式解析

1 「~是不用說的」可用 It goes without saying that 表示，It 是**形式主詞**，代替後面的 that 子句。

【例】 *It goes without saying that* English is very important. (不用說，英文很重要。)

⇨ 也可以用不定詞 It is needless to say that~或用助動詞 It need hardly be said that~表示。

【例】 *It goes without saying that* health is above wealth.
　 = *It is needless to say that* health is above wealth.
　 = *It need hardly be said that* health is above wealth.
　 (不用說，健康勝於財富。)

2 What do you say to 是用來徵詢對方的意見。to 後面可接**動名詞**或**名詞**。

【例】 *What do you say to* this plan?
（你覺得這計劃如何？）

What do you say to taking a walk for a while?
（去散步一下如何？）

⇨ 本句型亦可代換成 **What about** +（動）名詞
（ = *What* do you *think* about~ ）

或 **How about** +（動）名詞
（ = *How* do you *feel* about~ ）。

§舉一反三

1 It is needless to say 亦可代換成**獨立不定詞**，即副詞片語 **Needless to say**。

【例】 Needless to say, health is above wealth.
（不用說，健康勝於財富。）

2 What do you say to 的代換：

What do you say to this plan?

= $\begin{Bmatrix} \text{What} \\ \text{How} \end{Bmatrix}$ about this plan?

What do you say to visiting the museum?

= $\begin{Bmatrix} \text{What} \\ \text{How} \end{Bmatrix}$ about visiting the museum?

─── 《聯考試題引證》 ───

請從下題的四個答案中，選出一個正確的答案：

It *goes without* _____ that knowledge is important.

(A) taking (B) telling

(C) saying (D) mentioning 【日大】

【答案】 (C)

【翻譯】 不用說，知識是重要的。

【解析】 **It goes without saying that~** 「～是不用說的」。

─── 《考前實力測驗》 ───

What do you say to going on a picnic next week?

【翻譯】 你覺得下星期去野餐如何？

【解析】 **What do you say to + V-ing**？「～你覺得如何？」

【註釋】 *go on a picnic* 去野餐

─── 《國外試題引證》 ───

What do you say to playing a game of basketball?

【翻譯】 你覺得打一場籃球賽如何？

【解析】 **What do you say to + V-ing**？「～你覺得如何？」

第 8 章 ▸ 實力測驗題

一、中翻英：

1. 我們最需要的，與其說是實現理想，不如說是把現實理想化。

【台中女中】

_____

2. 他是你最好的朋友，再怎麼樣也不會出賣你。　　　　【日大】

_____

3. 我再怎麼感謝我的老師也不爲過。　　　　　　【蘭陽女中】

_____

4. 她的中文作文完美無缺。　　　　　　　　　【中山女中】

_____

5. 不用說，他將信守諾言。　　　　　　　　　【左營高中】

_____

二、英翻中：

1. My guess could be *anything but* fair. 　　　　　【日大】

_____

2. He *never* goes to a bookstore *without* buying some books.

【日大】

_____

3. It *never* rains *but* it pours. 【左營高中】

_____

4. She said she was *none too* early for the train. 【屏東中學】

_____

5. He *is* not *above asking* questions. 【日大】

_____

三、短文翻譯：

下列 5 題為一則短文，請將各題的中文譯成英文，文長共 80 個單詞（words）左右。

1. 兒童與其說是被教，不如說是被訓練。

_____

2. 他們認為教科書都是對的，所以他們不肯運用自己的想像力。

_____

3. 目前，大部分的學生幾乎沒有一天不考試的。

_____

4. 不用說，這些學生一點也不快樂。

_____

5. 我們的教育制度一點也不完美；仍有許多待改進之處。

_____

第 8 章 實力測驗詳解

一、中翻英：

1. What we need most is *not so much* to realize the ideal *as* to idealize the real.

2. As your best friend, he will be *the last* person to betray you.

3. I *cannot* thank my teachers *too much*.

4. Her Chinese composition leaves *nothing to be desired*.

5. *It goes without saying that* he will *abide by* his promise.

二、英翻中：

1. 要我猜，一定猜不中。　　2. 他每次進書店，一定會買一些書。

3. 不雨則已，一雨傾盆；禍不單行。

4. 她說她正好趕上那班火車。　5. 他不恥下問。

三、短文翻譯：

1. Children are *not so much* to be taught *as* to be trained.

2. They think that textbooks *are above suspicion*, so they *fail to* use [exercise] their imagination.

3. At present, most students *never* let a day pass *without* taking examinations.

4. *It goes without saying that* these students are not happy at all.

5. Our educational system is *far from* (being) perfect; it still leaves *much to be desired*. (= Our educational system is *not* perfect *at all*; there is still *much room for improvement* in it.)

第 9 章

比較的表達方式　Comparison

句型 **61**

《公式 103》 **as** + 原級 + **as**〜 「和〜一樣…」

《公式 104》 …**times as** + 原級 + **as**〜 「〜的…倍」

【背誦佳句】 John is *as old as* I am.

約翰和我同年。

【背誦佳句】 The earth is four *times as big as* the moon.

地球是月球的四倍大。

---

§**公式解析**

1 公式 103 中，第一個 as 為**指示副詞**，修飾其後的形容詞或副詞，第二個 as 為**連接詞**，引導副詞子句修飾第一個 as。

as 所引導的副詞子句常以省略句的形式出現。

【例】 Tom is *as* tall *as* Paul (*is tall*).

（湯姆和保羅一樣高。）【省略 is tall】

⇨ 如果改為否定句，則第一個 as 可以改為 **so**。

【例】 She is not *so* beautiful *as* her mother.

（她不像她母親那麼漂亮。）

2 倍數的表達法常用下列的公式：

　　…**times as** + 形容詞或副詞 + **as**…

　　= …**times the** + 名詞 + **of** + …

【例】 China is twenty *times as large as* Japan.

= China is twenty *times the size of* Japan.

（中國是日本的二十倍大。）

§ 舉一反三

1 「as + 原級 + as + 名詞」常用作**比喻**，常見的用法如下：

as busy as a bee（像蜜蜂一樣忙碌）【非常忙碌】

as cool as a cucumber（像黃瓜一樣冷靜）【冷靜沉著的】

as poor as a church mouse

（像教堂的老鼠一樣窮）【一貧如洗】

as sly as a fox（像狐狸一樣狡猾）【非常狡猾】

2 表示倍數時，倍數後面常見的形容詞與其相對應的名詞：

$$\cdots\text{times as} \begin{cases} \text{long} \\ \text{wide} \\ \text{tall} \\ \text{old} \end{cases} \text{as}\cdots = \cdots\text{times the} \begin{cases} \text{length} \\ \text{width} \\ \text{height} \\ \text{age} \end{cases} \text{of}\cdots$$

── 《聯考試題引證》 ──

請按中文句意，將下題括號裡的字做適當的排列（其中有一或二字是多餘的），使中、英文句意相同。

她的嫻靜和職業上的能力都同樣令人懷念。 【日大】

She is remembered for her quiet charm (as, more, as, much) for her professional competence.

【答案】 **as much as**

【解析】 **as much as**「與～同樣；與～同量」。

【註釋】 charm〔tʃɑrm〕*n.* 引人喜愛的特徵；迷人的特性
professional〔prəˈfɛʃənḷ〕*adj.* 職業上的；專業的
competence〔ˈkɑmpətəns〕*n.* 能力

《聯考試題引證》

請從下題的五個答案中，選出一個正確的答案：

我的書是你的兩倍。

(A) My books are as twice many as yours.

(B) My books are as many twice as yours.

(C) My books are as many as twice yours.

(D) My books are twice as many as yours.

(E) My books are as many as yours twice.　　【日大】

【答案】 (D)

【解析】 twice = two times；…**times as + 原級 + as** ～
「～的…倍」。

句型 62

《公式 105》 **as many as~**
          no fewer than~
《公式 106》 **as much as~**   「不少於~；多達~」
          no less than~

【背誦佳句】 *As many as* fifty people were injured.
          = *No fewer than* fifty people were
            injured.
          多達五十人受傷。

【背誦佳句】 He gave me *no less than* 500 dollars.
          = He gave me *as much as* 500 dollars.
          他給我五百元之多。

§公式解析

1 「as many as + 名詞」與「no fewer than + 名詞」意思相
  同，都作「不少於~；多達~」解。as many as 亦可代換成
  no less than，即 **no less than 除可計量外，亦可計數。**

  【例】 He has *as many as* five children.
       = He has *no less than* five children.
       （他有五個孩子之多。）

2 「no less than + 名詞」等於「as much as + 名詞」時，表
  「（量）不少於~；（量）多達~」，與 **not** less than 意義
  不同，not less than 與 *at least* 同義，作「至少」解。

⇨ **as many** 和 **as much** 後也可接名詞，表「同數（量）的～」，前者接可數名詞，表「同數」，後者接不可數名詞，表「同量」。

【例】 We waited about five minutes; it seemed to me *as many* hours.

（我們等了約五分鐘，對我卻好像五個小時。）

He earns *twice as much* money *as* I.
= He earns *as much* money *again as* I.

（他賺的錢是我的兩倍。）

§舉一反三

1️⃣ no less than 除了等於 as many（*or* much）as 外，有時亦等於「as + 其他形容詞或副詞 + as + 名詞」，如：

【例】 He stayed in Taipei *as long as* five days.
= He stayed in Taipei *no less than* five days.

（他在台北停留五天之久。）

2️⃣ as much as 的其他習慣用法：

【例】 It was *as much as* (= *all*) he could do to catch up with the rest of the class.

（爲了趕上班上其他同學，他已盡全力了。）

《聯考試題引證》

Intelligence and a way for getting along seem to count *as much as* strength in deciding who becomes —— and remains —— ape-king. 【日大】

【翻譯】 在決定誰成為,並且繼續當猩猩王的時候,智慧和處世的作風,似乎和體力一樣重要。

【解析】 **as much as** ~「和~一樣地」; in + V-ing「在~的時候」。

【註釋】 intelligence〔ɪn'tɛlədʒəns〕*n.* 智慧
get along 相處　　count〔kaʊnt〕*v.* 重要
remain〔rɪ'men〕*v.* 繼續
ape〔ep〕*n.* 人猿;大猩猩

《考前實力測驗》

I see by the Time Book that you have been late *no fewer than* nine times during the last month.

【翻譯】 我從出勤紀錄簿得知你上個月遲到多達九次。

【解析】 **no fewer than** ~ = **as many as** ~「不少於~;多達~」。

【註釋】 *time book* 工作時間紀錄簿

句型 **63**

《公式 107》　**not～any more than**…　「和…一樣不～」
　　　　　　　no more～than…

《公式 108》　**no less～than**…「和…一樣～」

【背誦佳句】　A whale is *not* a fish *any more than* a horse is.
　　　　　　　鯨魚和馬一樣不是魚。

【背誦佳句】　A whale is *no less* a mammal *than* a horse is.
　　　　　　　鯨魚和馬一樣是哺乳動物。

§公式解析

1 not～any more than…與 no more～than…同義，都作「和…一樣不～」解。

　　【例】He is *not* a fool *any more than* John.

　　　　　= He is *no more* a fool *than* John.

　　　　　（他和約翰一樣不是傻瓜。）

　　⇨ 注意不要和 not more～than…混淆，not more～than…作「不像…那樣；不比…更～」解，等於 not so～as…。

　　【例】He is *not more* generous *than* John.

　　　　　= He is *not so* generous *as* John.

　　　　　（他不像約翰那樣大方。）

2》 no less～than…作「和…一樣～」解，等於 **as～as**。

【例】 He is *no less* busy *than* a bee.

= He is *as* busy *as* a bee.

（他像蜜蜂一樣忙。）

⇨ not less～than…是「不比…差；也許比…更」的意思。

【例】 He is *not less* busy *than* his elder brother.

= He is *perhaps* busier *than* his elder brother.

（他不比他的哥哥輕鬆 —— 他也許比他的哥哥更忙些。）

§舉一反三

1》 no more～than…的句型代換：

【例】 He is *no more* a fool *than* John.

= He is *not* a fool *any more than* John.

= He is *not* a fool *just as* John is *not*.

= He is *not* a fool, *nor* is John.

= *Neither* he *nor* John is a fool.

（他和約翰一樣不是傻瓜。）

2》 no less～than…的句型代換：

【例】 You are *no less* beautiful *than* your younger sister.

= You are *as* beautiful *as* your younger sister.

（你和你妹妹一樣漂亮。）

《聯考試題引證》

請根據以下對話，從下題的四個答案中，選出一個正確的答案：

Wife： How did you find Mary?

John： She was *no more* virtuous *than* intelligent.

According to John, Mary was

(A) less virtuous than intelligent.

(B) intelligent, but not virtuous.

(C) virtuous, but not intelligent.

(D) neither virtuous nor intelligent.　　　　【日大】

【答案】(D)

【翻譯】太太：你覺得瑪麗如何？

約翰：她旣沒有品德，又不聰明。

根據約翰所言，瑪麗旣沒有品德，也不聰明。

【解析】**no more A than B**「和 B 一樣不 A；旣不 A 也不 B」，

所以題意爲「旣沒有品德，又不聰明」，應選 (D)。

(A) 與其說有品德，不如說聰明。

(B) 聰明，但沒有品德。

(C) 有品德，但是不聰明。

【註釋】find〔faɪnd〕*v.* 覺得

virtuous〔'vɝtʃuəs〕*adj.* 有品德的

intelligent〔ɪn'tɛlədʒnt〕*adj.* 聰明的

according to 根據

《聯考試題引證》

請從下題的五個答案中，選出一個正確的答案：

We are *no less* diligent *than* American students.

(A) 我們比美國學生更用功。

(B) 我們和美國學生同樣地用功。

(C) 美國學生比我們用功。

(D) 我們不比美國學生用功。

(E) 我們不如美國學生用功。　　　　　　【專科】

【答案】 (B)

【解析】 **no less～than…**「和…一樣～」。

【註釋】 diligent〔ˋdɪlədʒənt〕*adj.* 勤勉的；用功的

《國外試題引證》

Maria is *no less* intelligent *than* her sister. They both
get high grades.

【翻譯】 瑪莉亞和她姊姊一樣聰明。她們都得到高分。

【解析】 **no less～than…**「和…一樣～」。

【註釋】 intelligent〔ɪnˋtɛlədʒənt〕*adj.* 聰明的
　　　　 grade〔gred〕*n.* 分數

句型 64

《公式 109》 **the** + 比較級， **the** + 比較級「愈…，就愈～」

【背誦佳句】 *The more, the better*. 愈多愈好。

§公式解析

1 本句型中的 the 不是定冠詞，而是**副詞**，與比較級的形容詞或副詞連用。第一個 the 是**關係副詞**，引導副詞子句，修飾第二個 the（**指示副詞**）。第一個 the 意即 **by how much**；第二個 the 意即 **by so much**。

【例】 *The happier* a human being is, *the longer* he lives.
（人越快樂，活得就越長久。）

⇨ 「the + 比較級，the + 比較級」的用法須注意之處：

① 在主要子句的主詞前面加 **do** 表加強語氣。

【例】 *The more* one learns, *the easier do* things become.
（人學得越多，事情就變得越容易。）

② 在句意明確時，常以省略句的形式出現。

【例】 *The sooner* (you do it), *the better* (it will bc).
（越快越好。）【括弧中的主詞和動詞被省略】

The fewer the words (are said), *the better* the prayer (sounds). （祈禱者的話越少越好。）【省略動詞】

More haste, *less* speed.【省略 the 和動詞】
（欲速則不達。）

③ 關係副詞所引導的副詞子句，可依句意需要，由**對等連接詞**連接。

【例】 **The smaller** the room **or the more** people in it,
　　　the faster the air becomes bad.
　　　（房間越小，或是越多人在裡面，空氣就越快變糟。）

④ 有時可把主要子句放在副詞子句前面。

【例】 I sing **the worse**, **the more** I practice.
　　= **The more** I practice, **the worse** I sing.
　　【the worse 是爲接近 sing 才放前面】
　　（我越練習，唱得越糟。）

§ 舉一反三

1　「the + 比較級，the + 比較級」的代換句型：
　　（以 The sooner, the better. 爲例）

【例】 **The sooner** you do it, **the better** it will be.
　　= **By how much sooner** you do it, **by so much
　　　better** it will be.
　　= **In what degree sooner** you do it, **in the degree
　　　better** it will be.
　　= The sooner, the better. 【省略主詞和動詞部分】
　　（愈快愈好。）

《聯考試題引證》

The longer one lives, **the more** he believes in fate. 【專科】

【翻譯】 一個人活得愈久，就愈相信命運。

【解析】 **the + 比較級…，the + 比較級** 「愈…，就愈～」。

【註釋】 **believe in** 相信；確信　　fate〔fet〕*n.* 命運

句型 65

《公式 110》 **all the more～for…** 「因…而更～」

《公式 111》 **none the less～for…** 「不因…而～；仍然」

【背誦佳句】 I dislike her *all the more for* her luxury. 我因為她的奢侈而更討厭她了。

【背誦佳句】 I dislike her *none the less for* her luxury. 我不因她的奢侈而討厭她。

§公式解析

1️⃣ all the + 比較級 + { for + 名詞 / because + 子句 } 作「因…而更～」解，all 可以代換成 **so much**。

【例】 I like him *all the more because* he has a few faults. （我因他有一些缺點更喜歡他。）

He likes her *so much the better for* her freckles. （他因她的雀斑而更喜歡她。）

2️⃣ none the + 比較級 + { for + 名詞 / because + 子句 } 作「不因…而～；仍然」解。

【例】 He is *none the happier for* his wealth. （他並不因財富而更快樂。）

⇨ none 在此做**副詞**用，意思是「一點也不」，等於 **not at all**，除可放在 **the＋比較級**前，也可放在 **too** 或 **so** 的前面。

【例】 He did it *none too* well.（他做得並不好。）

You are *none so* fond of him.

（你一點也不喜歡他。）

§舉一反三

1 all the more for 與 all the more because 的代換類例：

【例】 I love him *all the more for* his honesty.

= I love him *all the more because* he is honest.

（因為他的誠實，使我更愛他。）

2 none the less 的句型代換：

【例】 I love him *none the less for* his faults.

= He has faults, *but* I love him none the less.

= He has faults; none the less, I love him.

（雖然他有缺點，但我仍然愛他。）

《考前實力測驗》

He likes her *all the better* for her obstinacy.

【翻譯】 他因她的固執而更喜歡她。

【解析】 此處 **all the better for**… = **all the more for**…

「因…而更～」。

【註釋】 obstinacy〔ˈɑbstənəsɪ〕*n.* 固執

句型 66

《公式 112》 **much more~**
still more~ 「更不用說~」

《公式 113》 **much less~**
still less~ 「更不用說~」

【背誦佳句】 She can ride a motorcycle, *much more* a bicycle.

她會騎機車，更不用說腳踏車了。

【背誦佳句】 She can't ride a bicycle, *much less* a motorcycle.

她不會騎腳踏車，更不用說機車了。

§公式解析

1 公式 112、113 是含比較級的慣用語，皆作「更不用說~」解，但是 much more, still more 用於**肯定句**；much less, still less 用於**否定句**。

【例】 He knows German, $\left\{\begin{array}{l} \textit{much more} \\ \textit{still more} \end{array}\right\}$ English.

（他懂德文，英文就更不用說了。）【肯定句】

He does *not* know English, $\left\{\begin{array}{l} \textit{much less} \\ \textit{still less} \end{array}\right\}$ German.

（他不懂英文，德文就更不用說了。）【否定句】

§舉一反三

1. much more 的代換句型：

much more ~ = still more ~ 【用於肯定句】
much less ~ = still less ~ 【用於否定句】
= not to speak of ~
= not to mention ~
= to say nothing of ~ 　　【可用於肯定句或否定句】
= let alone ~

《考前實力測驗》

The teacher cannot assume that schoolchildren will really understand what she teaches them simply because she shows them pictures. It is necessary to explain what is happening in the picture —— *still more* to get the children to talk about them until they show that they really grasp the significant feature.

【翻譯】 教師不能只因為她給學生看了圖片，就以為學童可能就懂了。向學生解釋圖片中的情形是必要的，更要讓學生討論這些情形，直到他們表示已確實領悟重要的特徵。

【解析】 cannot ~ simple because … 「不能只因為…就 ~」；
still more ~ = much more ~ 「更不用說 ~ 」。

【註釋】 assume〔ə'sjum〕v. 以為；假定　　**talk about** 討論
grasp〔græsp〕v. 領悟；抓住
significant〔sɪg'nɪfəkənt〕adj. 重要的
feature〔'fitʃɚ〕n. 特徵

句型 **67**

《公式 114》　**as～as any…**　　「從古至今～；世上…」
　　　　　　　as～as ever…

《公式 115》　**…is more～than anything else**
　　　　　　　nothing is more～than…
　　　　　　　nothing is as～as…
　　　　　　　「…比任何東西都～」

【背誦佳句】　He is *as* brave *as any* man alive.
　　　　　　　他是世上最勇敢的人。

【背誦佳句】　He is *as* great a pianist *as ever* lived.
　　　　　　　他是世上最偉大的鋼琴家。

【背誦佳句】　Time *is more* precious *than anything*
　　　　　　　else.　時間比任何東西都珍貴。
　　　　　　　=*Nothing is more* precious *than* time.
　　　　　　　=*Nothing is as* precious *as* time.

§公式解析

1 as 原本是**連接詞**，但爲了省略其後的代名詞，於是又兼有代名
　　詞的作用而成爲關係代名詞，稱爲**準關係代名詞**。

　　【例】He is *as* great a pianist *as ever* lived.
　　　　　　【第二個 as 當關代】
　　　　　= He is *as* great a pianist *as the greatest pianist*
　　　　　　who ever lived.（他是世上最偉大的鋼琴家。）
　　　　　　【第二個 as 當連接詞，引導副詞子句修飾第一個 as】

2 比較級與原級之間是可以互相代換的，但要特別注意主詞。

【例】 A rose *is more* beautiful *than any other* flower.

= *No* flower *is more* beautiful *than* a rose.

= *No* flower *is as* beautiful *as* a rose. 【原級】

（玫瑰花比任何花都美麗。）【沒有明顯界定範圍】

⇨ 此種句型也可以用最高級表示。

【例】 Time *is more* precious *than anything else*.

= Time *is the most* precious *of all things*.

（時間比任何東西都珍貴。）

§ 舉一反三

1 前面有 **such** 和 **the same** 時，也用準關代 as 來引導形容詞子句。但 the same 亦有用 **that** 來引導形容詞子句，不過意義不同：

【例】 He does not possess *such* a mind *as* is necessary to a scientist.

（他缺乏科學家所必備的頭腦。）

This is the same hat *as* I lost.

（這頂帽子和我遺失的那頂是一樣的。）【非同一頂帽子】

This is the same hat *that* I lost.

（這就是我遺失的那頂帽子。）【同一頂帽子】

② 舉例說明：

【例】 Taipei is *larger than any other* city in Taiwan.

= Taipei is *larger than all the other* cities in Taiwan.

= *No other* city in Taiwan is *larger than* Taipei.

= *No other* city in Taiwan is *as* large *as* Taipei.

= Taipei is *the largest* city in Taiwan.

（台北比台灣任何其他城市都大。）

【限定範圍，台北是台灣的城市之一】

New York is *larger than all the* cities in Taiwan.

（紐約比台灣所有的城市都大。）

【限定範圍，但紐約不是台灣的城市之一】

《國外試題引證》

Nothing is more exciting *than* bungee jumping.

【翻譯】 高空彈跳比任何東西都刺激。

【解析】 **nothing is more~than**…「…比任何東西都~」。

【註釋】 exciting〔ɪkˈsaɪtɪŋ〕 *adj.* 刺激的

bungee jumping 高空彈跳

句型 68

《公式 116》 It is $\begin{Bmatrix} \text{in} \\ \text{with} \end{Bmatrix}$ A as $\begin{Bmatrix} \text{in} \\ \text{with} \end{Bmatrix}$ B「猶如」

【背誦佳句】 *It is with* man's life *as with* a dream.

人生如夢。

§公式解析

1 此爲一個慣用語，It 本身沒有特別意義，只是用做本句型中的主詞。

【例】 *It is in* studying *as in* sailing against the current; it either advances or recedes.

（學如逆水行舟，不進則退。）

§舉一反三

1 本句型的代換句型如下：

【例】 It is $\begin{Bmatrix} \text{in} \\ \text{with} \end{Bmatrix}$ A as $\begin{Bmatrix} \text{in} \\ \text{with} \end{Bmatrix}$ B

= A is compared to B = A is like B

2 本句型的類例：（介紹 A：B = C：D 之句型）

A is to B *as* C is to D = *As* C is to D, *so* A is to B

= A is to B *what* C is to D = *What* C is to D, A is to B

《考前實力測驗》

請從下題的四個答案中，選出一個切合題意的答案：

It is in life *as in* a dream.

(A) Life likes a dream.

(B) Life is like a dream.

(C) Life needs a dream.

(D) To live, a dream is indispensable.

【答案】　(B)

【翻譯】　人生如夢。

【解析】　**It is in A as in B**「A 猶如 B」。

《國外試題引證》

It is with small gardens *as with* large farms.

【翻譯】　小花園就如同是大農場。

【解析】　**It is with A as with B**「A 猶如 B」。

【註釋】　garden〔ˋgɑrdn〕*n.* 花園

句型 69

《公式 117》 **As I live**「的確;確實」

【背誦佳句】 *As I live*, I mean well.
我確實是好意。

§ 公式解析

<u>1</u> As I live 是一個慣用語,前面省略了 **As sure**,作「的確;
確實」解。

【例】 (*As sure*) *as I live*, there goes the bell.
(鐘確實響了。)

§ 舉一反三

<u>1</u> As I live 的代換句型:

As I live
= As you sit here = As you stand here
= As I am here = As the sun shines
= As my nose is on my face

――― 《考前實力測驗》―――

As sure as I live, the rumor has turned out to be true.

【翻譯】 此項傳言的確已證實是真的。

【解析】 (*As sure*) **as I live**「的確」。

【註釋】 rumor〔ˈrumɚ〕*n.* 傳言;謠言　　*turn out* 結果

句型 70

《公式 118》 **as it is**「① 照原狀；② 實際上」

【背誦佳句】 Leave it *as it is*.
保持原狀不要動它。

【背誦佳句】 I thought conditions would get better,
but *as it is*, they were getting worse.
我以為情況會好轉，但實際上卻反趨惡化。

§公式解析

1️⃣ as it is 的句型有兩種用法：

① 置於**句首**：作「事實上」解，相當於 **as a matter of fact**。

【例】 *As it is*, he is a rich man.
（事實上，他是個有錢人。）

② 置於**句尾**：作「照原狀」解，相當於 **as it stands**。

【例】 I like this room better *as it is*.
（我比較喜歡這房間原來的樣子。）

§舉一反三

1️⃣ as it is 的常見類例：

as it were 作「可說是」解，相當於 **so to speak**、**so to say**。

【例】 The newspaper is, *as it were*, the eyes and
ears of society. （報紙可說是社會的耳目。）

《聯考試題引證》

請從下題的四個答案中，選出一個正確的答案：

Leave it _____ it is for a while.

(A) but (B) what (C) that (D) as   【夜大】

【答案】 (D)

【翻譯】 暫時保持原狀，不要動它。

【解析】 **as it is**「保持原狀」。

《考前實力測驗》

That cat is, *so to speak*, a member of the Wangs family.

【翻譯】 那隻貓可說是王家的一份子。

【解析】 **so to speak**「可謂；可說是」。

《國外試題引證》

As it is, we will be leaving at 5:00.

【翻譯】 事實上，我們將在五點離開。

【解析】 **as it is**「事實上」。

句型 **71**

《公式 119》 **know better than**～「不至於笨到～」

【背誦佳句】 I *know better than* to cheat him.

我不至於笨到去騙他。

§**公式解析**

1. know better than～ 作「不至於笨到～」解，後面如有動詞時，應接**不定詞**，相當於 be not so foolish as to + **原形動詞**。

⇨ should (ought to) know better than to V.

= should not be so foolish as to V.「應該不至於笨到～」

【例】 You should *know better than* to go swimming on such a cold day.

（你應該不至於笨到在這麼冷的天去游泳。）

⇨ should (ought to) have known better 後接：

① than to have + 過去分詞

② when + S. + 過去式

就等於 should not have been so foolish as to V.。

【例】 You *should have known better than to* have told him the secret.（你原本不該笨到把秘密告訴他的。）

= You should have known better *when you told him the secret.*

= You *should not have been so foolish as to* tell him the secret.【但竟然還是告訴他了】

§舉一反三

1️⃣ know better than～的代換句型：

know better than to + V.

= be wiser than to + V.

= be wise enough not to + V.

= be not so foolish as to + V.

⇨ know better than + 人，則作「**比～懂得多**」解。

【例】 I suppose you think you *know better than your teacher*. (我想你自認為比你的老師懂得多。)

《聯考試題引證》

請從下題的四個答案中，選出一個符合題意的答案：

Tom should have known better when he asked her to go out with him, her parents being so very old-fashioned.

(A) Tom did not ask her to go out with him because he did not know her better than he actually did.

(B) Knowing that she would not go out with him anyway since her parents were known to be old-fashioned, Tom did not ask her.

(C) She refused to go out with Tom.

(D) She went out with Tom in spite of her parents' strong objection.　　　　　　　　【日大】

【答案】 (C)

【翻譯】 因為她的父母非常守舊，所以湯姆原本不該笨到邀她
出去。

(A) 湯姆沒有邀她出去，因為他並不是真正了解她。

(B) 因為湯姆知道她父母以守舊出名，所以她不會和他
出去，於是他就沒有邀她。

(C) 她拒絕和他出去。

(D) 儘管她父母強烈反對，她還是和湯姆出去。

【解析】 **should have known better than to V.**「原本不該笨
到～」，後面可接上 when 引導的副詞子句；本題中的
her parents…old-fashioned 是獨立分詞構句，原句為
because her parents were so very old-fashioned。

【註釋】 old-fashioned〔'old'fæʃənd〕*adj.* 守舊的
actually〔'æktʃuəlɪ〕*adv.* 實際上
refuse〔rɪ'fjuz〕*v.* 拒絕　　*in spite of* 儘管
objection〔əb'dʒɛkʃən〕*n.* 反對

┌─【劉毅老師的話】─
│　　做文法題目可以讓你專心，劉毅英文
│　有開文法班，歡迎參加，我們會讓同學做
│　完題目之後，老師再講解。
└

第 9 章 ▶ 實力測驗題

一、中翻英：

1. 世界上沒有比人的生命更珍貴的東西。 【台南女中】

_____

2. 我們和美國學生同樣地勤勉。 【台南女中】

_____

3. 我的書是你的兩倍。 【日大】

_____

4. 妳不是個淑女，而我也不是個紳士。 【雄中】

_____

5. 你愈去運用大腦，它將會愈有用。 【員林高中】

_____

二、英翻中：

1. No other country accepted the proposal, *much less* acted upon it. 【台中一中】

_____

2. I can *not* swim *any more than* I can fly. 【台中女中】

_____

3. He *knows better than* to tell the truth to her. 【台中一中】

_____

4. *The more* I look at the photograph, *the less* it look like you. 【成功高中】

_____

5. He is poor *as much so* (*as*) or *more so than* I. 【屏東中學】

_____

三、短文翻譯：

下列 5 題為一則短文，請將各題的中文譯成英文，文長共 80 個單詞（words）左右。

1. 你昨天給我的忠告，是我一生中最珍貴的。

_____

2. 如果我要改進我的英文，就必須儘可能地常說英文。

_____

3. 的確，我們愈常練習說英文，我們就能說得愈流利。

_____

4. 過去我花在讀英文的時間至少是花在說英文的十倍。

_____

5. 我真不應該傻到只靠背生字來學英文。

_____

第 9 章 實力測驗詳解

一、中翻英:

1. *Nothing* in the world is *more* valuable *than* human life.

2. We are *no less* diligent *than* American students.

3. My books are *twice as many as* yours.

4. You are *no more* a lady *than* I am a gentleman.

5. *The more* you exercise your brain, *the more* useful it will become.

二、英翻中:

1. 沒有其他國家接受這個提議,更別說有採取行動的了。

2. 我不會飛,也不會游泳。　　3. 他不至於笨到告訴她真相。

4. 這張相片愈看愈不像你。　　5. 他跟我一樣窮,或許還更窮。

三、短文翻譯:

1. *No* advice in my life is *more* valuable *than the advice* that you gave me yesterday.

2. I must speak English *as* often *as possible* if I want to improve my English.

3. *As I live*, *the more* we practice speaking English, *the more* fluently we *are able to* speak it.

4. The time I spent in reading English was at least ten *times as much as* in speaking it.

5. I *should have known better than* to learn English by only *committing* new words *to memory*.

　　【*commit sth. to memory* 記住某事】

第 10 章

關係詞 Relative

句型 72

《公式 120》 **what A is**「現在的 A」

【背誦佳句】 Diligence made him ***what he is***.
勤勉使他有今日的成就。

§公式解析

1 what 是本身兼做先行詞的關係代名詞。what A is 可以作
「**A 現在的樣子；天生的 A；A 今日的成就**」解。

⇨ 若表示過去，則用 what A was 或 what A used to be，
作「A 過去那個樣子」解。

【例】 Mary is not ***what she used to be*** ten years ago.
（瑪麗已非十年前的她了。）

⇨ be 動詞亦可代換成 seem, appear, look 等的**不完全不及
物動詞**。

【例】 Things are not what they *seem*.
（事情並不是表面上所看到的那樣。）

§舉一反三

1 其他如 what A is 的類例：

what A has「A 所有的；A 的財產」

【例】 We honor him for ***what he is***, not for *what he has*.
（我們因他的人品而尊敬他，不是因為他的財富。）

句型 73

《公式 121》 **what is called**~「所謂的~」

【背誦佳句】　Jack is *what is called* a walking
　　　　　　dictionary. 傑克是所謂的活字典。

§公式解析

1 本公式中的 what 與公式 120 的 what 一樣，是本身兼做先行
　詞的關係代名詞。what is called~ 作「所謂的~」解。可以
　代換成 **so-called**。

　【例】 Jack is *what is called* a walking dictionary.
　　　　= Jack is a *so-called* walking dictionary.
　　　　（傑克是所謂的活字典。）

§舉一反三

1 what is called~ 的其他類型：

　　what is called~　「所謂的~」
　　= what we call~
　　= what you call~
　　= what they call
　　= what people call

《聯考試題引證》

I am not *what you call* an outstanding golfer,

but I do like a round or two on weekends.　　　【夜大】

【翻譯】 我並不是你所謂的「傑出的打高爾夫者」，但我的確喜
　　　　 歡在週末打一兩回。

【解析】 **what you call**～「你所謂的～」。

【註釋】 outstanding〔'aʊt'stændɪŋ〕*adj.* 傑出的
　　　　 golfer〔'gɑlfɚ〕*n.* 打高爾夫球的人
　　　　 round〔raʊnd〕*n.*（競賽等的）一回合

《聯考試題引證》

He was *what we would call* a Bohemian; that is, he

was a careless dresser.　　　【日大】

【翻譯】 他是所謂的狂放的人；也就是說，他是個衣著隨便的人。

【解析】 **what we call**～「所謂的～」。

【註釋】 Bohemian〔bo'himɪən〕*n.* 狂放者；玩世不恭者
　　　　 a careless dresser 衣著隨便的人

句型 74

《公式 122》 **what is more**「此外；而且」

【背誦佳句】　This computer is very useful, and
what's more, very cheap.
這台電腦非常有用，而且非常便宜。

§公式解析

1 what is more 是轉承語，做副詞用，在 and 和 what 之間也
可加逗點。

　⇨ (*and*) what～之後的字詞，常常是省略句。

　【例】 He is good-looking, rich, ***and***, ***what is*** (*the*) ***best***
　　　　of all, (*he is*) *clever*.

　　　　（他長得英俊又有錢，最棒的是又聰明。）

§舉一反三

1 what is more 的常見類例：

　　what is worse（更糟的是）

　　what is better（更好的是）

　　what is (the) best of all（最棒的是）

《聯考試題引證》

請從下題的四個答案中，選出一個正確的答案：

What is _____, while the brain is handling these messages, it is also recording them in the memory system. 【夜大】

(A) most　(B) less　(C) more　(D) least

【答案】 (C)

【翻譯】 而且，當大腦正在處理這些訊息時，也會同時將它們記錄在記憶系統裡。

【解析】 **what is more**「此外；而且」。

【註釋】 handle〔ˈhændl〕v. 處理
message〔ˈmɛsɪdʒ〕n. 訊息；信息
record〔rɪˈkɔrd〕v. 記錄　　memory〔ˈmɛmərɪ〕n. 記憶

《國外試題引證》

My mother made a special dinner on my birthday and, *what is more*, she baked a cake.

【翻譯】 我媽媽在我生日那天煮了很特別的一餐，而且，她還烤了一個蛋糕。

【解析】 **what is more**「此外；而且」。

【註釋】 bake〔bek〕v. 烘烤

句型 75

《公式 123》 **what little～**
　　　　　　 what few～　「所僅有的～」

【背誦佳句】　I gave him ***what little*** money I had.
　　　　　　 我把我所僅有的一點錢都給了他。

§公式解析

1　what 後接名詞時，為**疑問或感嘆形容詞**，作「什麼的；多麼」
　解。**what 引導名詞子句**時，作「所僅有的～」解，此時 what
　為**複合關係形容詞**。在這個句型中，要注意 little 後面接不可
　數名詞，few 後面接可數名詞。

　【例】　He read ***what few*** books he had on his trip.
　　　　（他閱讀在旅行中所僅有的書。）

§舉一反三

1　what 為疑問形容詞或疑問代名詞的區別：

　　　　　　　形容詞：***What*** bird is that?（那是隻什麼鳥？）
　　　　　　　　　　　Do you know what day it was?
　　疑問　　　　　　　【what day it was 為名詞子句】
　　　　　　　　　　　（你知道那天是星期幾嗎？）
　　　　　　　代名詞：***What*** is that bird?（那是隻什麼鳥？）

《聯考試題引證》

What little chances there were for education were
turned to account.　　　　　　　　　　【日大】

【翻譯】　僅有的教育機會都被善加利用了。

【解析】　**what little** ~「多麼少的~；所僅有的~」。

【註釋】　*turn ~ to account*　利用~；使~變成有用

《考前實力測驗》

She will deposit *what little* money she has.

【翻譯】　她將把她僅有的錢存起來。

【解析】　**what little** ~「多麼少的~；所僅有的~」。

【註釋】　deposit〔dɪ'pɑzɪt〕v. 存（錢）

《國外試題引證》

I told him *what little* I know about Egypt.

【翻譯】　我把我對埃及所僅有的一點知識告訴他。

【解析】　**what little** ~「所僅有的~」。

【註釋】　Egypt〔'iʒdɪpt〕n. 埃及

句型 76

《公式 124》 **A is to B what C is to D**
「A 之於 B，猶如 C 之於 D」

【背誦佳句】 Leaves *are to* plants *what* lungs *are to* animals.
葉子之於植物，猶如肺之於動物。

§公式解析

1　表示「A : B = C : D」的句型主要有下列三種：

① **A is to B what C is to D**：其中 what 引導名詞子句做 A 的補語。另外也可將 what 子句放在**前面**，形成：

【例】 *What* lungs *are to* animals, leaves *are to* plants.

② **As C is to D, so A is to B**：so 之後的動詞和主詞可以倒裝。

【例】 *As* lungs *are to* animals, *so* leaves *are to* plants.
= As lungs are to animals, so *are leaves* to plants.

③ **A is to B as C is to D**。

【例】 Leaves *are to* plants *as* lungs *are to* animals.

§舉一反三

1　表示 A : B = C : D 的其他代換句型：

What C is to D, that is A to B
= A stands to B as C stands to D
= As C stands to D, so A stands to B

《聯考試題引證》

請從下題的四個答案中，選出一個正確的答案：

Water is to fish _____ air is to man.

(A) that   (B) which

(C) what   (D) so   【技術學院】

【答案】 (C)

【翻譯】 水之於魚，猶如空氣之於人。

【解析】 **A is to B what** (*or* **as**) **C is to D**「A 之於 B，猶如 C 之於 D」。

《考前實力測驗》

As two is to one, so twelve is to six.

【翻譯】 12：6 = 2：1

【解析】 **As C is to D, so A is to B**「A : B = C : D」。

《國外試題引證》

Football is to Brian as swimming is to Jane.

【翻譯】 橄欖球之於布萊恩，猶如游泳之於珍。

【解析】 **A is to B as C is to D**「A 之於 B，猶如 C 之於 D」。

【註釋】 football〔'fut,bɔl〕*n.* 美式足球；橄欖球

句型 77

《公式 125》, **which**…「但是那…」

《公式 126》準關係代名詞（**as** 等）的用法

【背誦佳句】 She kept silent, ***which*** made him mad.
她保持沉默，但卻使他生氣。

【背誦佳句】 I have bought the same bicycle ***as*** you
have.　我買了跟你一樣的腳踏車。

§公式解析

1 which 是關係代名詞，有限定和補述兩種用法。在此公式中是
補述用法，用來代表一個**片語**或**子句**。請看下面例句：

【例】 I gave my wife a fur coat for her birthday, ***which***
pleased her a lot. 【補述用法】
（我送給我太太一件毛皮大衣當作生日禮物，這使
她很高興。）

The river *which* flows through the city is very
long. 【限定用法】（流經這座城市的那條河很長。）

2 as, but, than 原是連接詞引導副詞子句，現多當關係代名詞解
釋，稱爲「**準關係代名詞**」。以 as 爲例，其用法爲：

① 前面有 **as** 時，引導形容詞子句的關係代名詞用 as
（不用 who, that…）。

【例】 He is ***as*** diligent a man ***as*** ever lived.
（他是世上最勤勉的人。）【第二個 as 爲關係代名詞】

⇨ 若把 as 當**連接詞**來分析上例時：

He is *as* diligent a man *as the most diligent man who* ever lived. 〔the most diligent man who = what〕

在 as 和 than 後面的 what 可省略，故本句 = He is as diligent a man as ever lived.

② 前面有 **such** 時，引導形容詞子句的關係代名詞用 as。

【例】 I will provide you with *such* things *as* you may need.

（我會提供你一些你可能用得著的東西。）

③ 前面有 **the same** 時，引導形容詞子句的關係代名詞可用 as。

【例】 I have bought *the same* bicycle *as* you have.

（我買了跟你一樣的腳踏車。）

⇨ the same⋯as（指**同類**或**同樣**）和 the same⋯that（指**同一個**）的意義不同：

【例】 This is *the same* watch *as* I lost.

（這和我掉的錶是同樣的。）【不同一只】

This is *the same* watch *that* I lost.

（這就是我掉的那只錶。）【同一只】

④ 作為代替整個句子的關係代名詞。

【例】 I helped him with his homework, *as* was my duty. （我幫忙他做功課，這是我的職責。）

⇨ 這種用法和公式 125 中 which 的用法相似，都可以引導
補述用法的形容詞子句，但是有下列兩點差別：

① **as 子句可放在句首**，結構上很像副詞子句，但 which
子句則不能放在句首。

$$\left.\begin{array}{l} \textit{As}【正】\\ \textit{Which}【誤】\end{array}\right\}\text{ was natural, he married her.}$$

（他娶她是自然的事。）

② 當關代是**一般動詞之主詞**（非 be 動詞）時，只能用 which。

$$\text{He saw the girl, }\left\{\begin{array}{l} \textit{as}【誤】\\ \textit{which}【正】\end{array}\right\}\text{ delighted him.}$$

（他看見了這個女孩，這使他高興。）

$$\text{He saw the girl, }\left\{\begin{array}{l} \textit{as}【正】\\ \textit{which}【正】\end{array}\right\}\text{ he had hoped.}$$

（他看見了這個女孩，這是他所希望的。）

【as 和 which 都可做動詞的受詞】

§舉一反三

1 準關係代名詞除了 as 外，還有 **but**、**than**，用法如下：

① **but** 本身就有否定的意思，其作用相當於「**that…not**」。
當準關代時，前面的主要子句須有否定的字，然後整個句子
會因為雙重否定而變成肯定，相當於一個有形容詞 **every**
的肯定句，只是用 but 的語氣較強。

【例】 There is no rule *but* has exceptions. 【but 為準關代】

= There is no rule *that* does *not* have exceptions.

= *Every* rule has exceptions.

（沒有規則是沒有例外的；凡是規則，必有例外。）

② **than** 的用法：當先行詞有**比較級形容詞**來修飾時，關係代名詞應該用 than。（不用 that, who…）

【例】 There is *more* money *than* is needed.

（錢比所需要的還多。）

《聯考試題引證》

Students often work too hard when an examination comes up: some sit up late, some don't go to sleep until early in the morning; and a few have no sleep at all, *which* is bad for their health.　　【日大】

【翻譯】 學生們經常在考試前用功過度：有些人熬夜，有些人到清晨才睡；有些人甚至根本不睡覺，這對他們的健康是有害的。

【解析】 which 在此為補述用法，代替前面的**動詞片語** have no sleep at all。

【註釋】 *come up* 前來；接近　　*sit up* 晚睡；熬夜
no ~ at all 一點也沒有

《考前實力測驗》

This is *the same* dictionary *as* I have lost.

【翻譯】 這本字典和我所遺失的那本是同樣的。

【解析】 **the same A as ~**「和~同一類的 A」。

第 **10** 章 ▶ 實力測驗題

一、中翻英：

1. 日本在東方就如同英國在西方一樣。　　　　　　【台中一中】

_____

2. 孩子們不應該有超出需要的錢。

_____

3. 我送給我太太一顆兩克拉的鑽石做生日禮物，這使她很高興。

_____

4. 他已非昔日的他了。

_____

5. 或許他就是所謂的好學生吧！

_____

二、英翻中：

1. He gave me *what little* money he had.

_____

2. She is a good scholar, and *what is better*, a good teacher.

_____

3. He is *as* brave a soldier *as ever* lived. 【夜大】

_____

4. I owe *what I am* to my parents. 【建中】

_____

5. A man's worth lies *not so much* in *what he has* as in *what he is*.

_____

三、短文翻譯：

下列 5 題為一則短文，請將各題的中文譯成英文，文長共 80 個單詞（words）左右。

1. 讀書之於心靈，猶如運動之於身體。

_____

2. 我對於大多數成年人花在書本上的時間之少，感到驚訝。

_____

3. 閱讀不僅能增廣我們的見聞，更能充實我們的生活。

_____

4. 知識即力量，更是快樂的泉源。

_____

5. 然而，無法領略書中涵義的人，便成了所謂的書呆子。

_____

第 10 章 實力測驗詳解

一、中翻英：

1. Japan *is in* the East *what* [*as*] England *is in* the West.

2. Children should not have *more* money *than* is needed.

3. I gave my wife a two-carat diamond for her birthday, *which* pleased her a lot. 【carat (ˈkærət) *n.* 克拉】

4. He is not *what he used to be*.

5. Maybe he is *what is called* a good student!

二、英翻中：

1. 他把他所僅有的一點錢給了我。

2. 她是一位優秀的學者，而且更是一位好老師。

3. 他的英勇不下於古今任何軍人。（他是世上最英勇的軍人。）

4. 我之所以有今天，是拜父母所賜。

5. 一個人的價值不在於他的財富，而在於他的品格。

三、短文翻譯：

1. Reading *is to* the mind *what* [*as*] exercise *is to* the body.

2. I am surprised at *what little* time most adults spend in reading.

3. Reading can not only broaden our horizons, but also enrich our lives.

4. Knowledge is power, and *what is more*, the source of happiness.

5. However, *those who* cannot *read between the lines* are *what we call* bookworms.

第 11 章

連接詞 Conjunction

句型 **78**

《公式 127》 **both A and B**「A 和 B 都」

《公式 128》 **not only A but (also) B**「不但 A 而且 B」

《公式 129》 **A as well as B**「A 和 B 一樣」

【背誦佳句】 ***Both*** health ***and*** wealth are important.
健康和財富都重要。

【背誦佳句】 ***Not only*** wealth ***but*** (*also*) health is important.
不但財富重要，健康也重要。

【背誦佳句】 Health ***as well as*** wealth is important.
健康和財富一樣重要。

§公式解析

1. 在本公式中，both 和 and 結合成**對等連接詞**，所連接的 A、B 之文法作用必須相同，有強調兩者的作用，作「A 和 B 都」解。

【例】 A textbook should be ***both*** interesting ***and*** instructive. (教科書應該是既有趣又有教育性的。)

⇨ both A and B 若當主詞時，動詞要用**複數**。

2. not only A but (also) B「不但 A 而且 B」，A、B 是兩個 文法作用相同的**單字**、**片語**或**子句**；如果連接兩個主詞時， **重點在 B（後者）**，故動詞的數與 B 一致。

【例】 Success depends ***not only*** on talent ***but*** (*also*) on effort. (成功不僅靠天份，也要靠努力。)
Not only you ***but*** (*also*) I am wrong.
(不但你錯了，連我也錯了。)

⇨ 若要加強語氣，可將 not only 置於**句首**，但要記得將**助動詞**或 **be 動詞**放在主詞前面，形成倒裝句。

【例】 *Not only* is he dependable, ***but also*** he is trustworthy.（他不但可靠，而且值得信賴。）

⇨ not only A but also B 中的 only 可以用 merely, alone 代替，also 可以省略或用 likewise 代替，或者把 also 放到句末。

【例】 It is ***not*** $\begin{Bmatrix} \textbf{\textit{only}} \\ \textbf{\textit{merely}} \\ \textbf{\textit{alone}} \end{Bmatrix}$ heavy, ***but*** $\begin{Bmatrix} \textbf{\textit{also}} \\ \textbf{\textit{likewise}} \end{Bmatrix}$ rough.

（它不但重，而且粗糙。）

It is ***not only*** interesting, ***but*** instructive ***also***.
（這不但有趣，而且具有教育性。）

3) A as well as B 和前面兩個句型一樣，都是連接兩個文法作用相同的單字、片語或子句，如果連接兩個主詞時，**重點放在 A（前者）**，故動詞的數與 **A** 一致。

【例】 He gave me money ***as well as*** advice.
（他給我錢，以及忠告。）

The teacher ***as well as*** the student is expected to study hard.（老師和學生一樣，應該用功讀書。）

⇨ 若要連接三者時，不說 A, B, as well as C，應該以 **A and B as well as C** 表示。

He plays basketball, football *as well as* baseball.【誤】
He plays basketball ***and*** football ***as well as*** baseball.
（他打籃球，美式足球和棒球。）【正】

⇨ A as well as B 可改為 **B and A as well**，但由於這兩個對
等連接詞所強調的重點位置不同，所以 A 和 B 的位置須調換。

【例】 He has experience *as well as* scholarship.

= He has scholarship *and* experience *as well*.

（他有經驗，而且也有學問。）

⇨ 注意不可用 both A as well as B 代替 both A and B，因
為沒有這種表示法。

This news was both a joy *as well as* a perplexity.【誤】

This news was *both* a joy *and* a perplexity.【正】

（這消息令人快樂，也令人為難。）

⇨ **as well as = no less than**

【例】 Your friends, *no less than* I, are anxious to meet
you. (你的朋友和我一樣急著想見你。)

§舉一反三

1 both A and B 的句型代換：

【例】 This book is $\left\{\begin{array}{l} \text{both} \\ \text{at once} \\ \text{equally} \end{array}\right\}$ interesting and instructive.

（這本書既有趣，又具有教育性。）

─── 《考前實力測驗》 ───

Both he *and* his father are short-tempered.

【翻譯】 他和他父親的脾氣都不好。

【解析】 **both A and B**「A 和 B 都」。

【註釋】 short-tempered〔ˈʃɔrtˈtɛmpɚd〕*adj.* 易怒的

《聯考試題引證》

The Yangtze River is *not only* a trade river *but* an agricultural river.　　　　　　　　　【日大】

【翻譯】 長江不但是一條商業河流，也是一條農業河流。

【解析】 **not only A but (also) B** 「不但 A 而且 B」。

【註釋】 trade〔tred〕*adj.* 商業的；貿易的
agricultural〔͵ægrɪˈkʌtʃərəl〕*adj.* 農業的

《考前實力測驗》

請從下題的五個答案中，選出一個正確的答案：

He ＿＿＿＿＿＿ all his children can play many musical instruments.

(A) as long as　　(B) as far as　　(C) as much as

(D) as soon as　　(E) as well as

【答案】 (E)

【翻譯】 他和他所有的孩子一樣，都會演奏許多樂器。

【解析】 **A as well as B (= not only B, but also A)** 「A 與 B
一樣；不但 B 而且 A」，強調的是 A。

　　　　(A) as long as「只要」，表條件，不合句意。

　　　　(B) as far as「就～而言；遠至～」表條件或距離，不合
　　　　　句意。

　　　　(C) as much as「和～一樣多…」，表量，不合句意。

　　　　(D) as soon as「一～，就…」，表時間，不合句意。

【註釋】 instrument〔ˈɪnstrəmənt〕*n.* 儀器；樂器

句型 **79**

《公式 130》　**as A, so B**…「**B**…，如 **A** 一樣」

【背誦佳句】　*As* plants need water and sunshine,
so men need food.

人需要食物，就如同植物需要水分和陽
光一樣。

§公式解析

1　as 在此是**連接詞**，引導副詞子句修飾後面的副詞 so，此種句子
的中文譯法，最好先譯 so 後面的主要子句。

【例】　*As* you sow, *so* you will reap.

（要怎麼收穫，先怎麼栽；種瓜得瓜。）

【as 在此等於 according as；so 在此等於 in that same way】

§舉一反三

1　若要**加強語氣**時，可在 as 前加上 **just**，而 so 之後的主要子句
可以倒裝，即把助動詞或 be 動詞放在主詞前。

【例】　*Just as* you make your bed, *so* must you lie on it.

（自作自受。）【Just 是副詞，修飾 as 所引導的副詞子句】

Just as some people are born artists, *so* some are
born sportsmen.

（有些人是天生的運動家，就像有些人是天生的藝術家
一樣。）【some people 與 are 可以倒裝】

句型 80

《公式 131》 **as～go**「就～的標準而言；如～所說」

【背誦佳句】 She is not so very tall *as* women
go nowadays.
就現代女性的標準而言,她不算非常高。

§公式解析

1 as～go 作「就～的標準而言」解,as 在此引導從屬子句,表**狀
態**,作「依照」解。

【例】 *As* the proverb *goes*, practice makes perfect.
(俗語說,熟能生巧。)

§舉一反三

1 與 as～go 相關的句型:

as it happens 碰巧;不湊巧地
as the case may be 視情況而定
as it is 事實上;照原狀
as it turned out 就結果而言
as I see it 就我所知

句型 **81**

《公式 132》 **either A or B** ～「不是 A 就是 B ～」

《公式 133》 **neither A nor B** ～「既不是 A 也不是 B ～」

【背誦佳句】 *Either* you *or* I am wrong.

不是你錯，就是我錯。

【背誦佳句】 *Neither* you *nor* I am wrong.

你和我都沒錯。

§公式解析

1. either A or B 是**對等連接詞**，作「不是 A 就是 B」解，用來連接兩個對等的單字、片語或子句。

【例】 He is *either* in London *or* in Paris.

（他不在倫敦就在巴黎。）

⇨ or 連接兩主詞時，**動詞與最接近的主詞一致**。

【例】 *Either* the college trustees *or* the college president *is* responsible for setting the policy.

（不是大學的董事們，就是大學的校長，要負責制定政策。）

⇨ either 當代名詞或形容詞時，作「兩者中任一（的）；兩者中每一（的）」解。

【例】 "Which do you prefer, coffee or milk?"

"*Either* will do."

（「你要咖啡或牛奶？」「隨便哪一樣都可以。」）

either side of the river「河的兩岸」

2 neither A nor B 也是對等連接詞，作「既不是 A 也不是 B」
解，相當於 **both A and B**「**A 和 B 都**」的否定。

§ 舉一反三

1 either A or B 的否定可用 neither A nor B 代換：

【例】 He can *not either* read *or* write.

= He can *neither* read *nor* write.

（他既不會讀也不會寫。）

《聯考試題引證》

請從下題的四個答案中，選出一個正確的答案：

I don't like John. I don't like Peter, I like ＿＿＿＿＿ .

(A) nobody   (B) John and Peter

(C) either John or Peter   (D) neither John nor Peter

【夜大】

【答案】 (D)

【翻譯】 我不喜歡約翰。我不喜歡彼得，＿＿＿＿＿＿＿。

(A) 我不喜歡任何人。

(B) 我喜歡約翰和彼得。

(C) 我不是喜歡約翰，就是喜歡彼得。

(D) 我既不喜歡約翰，也不喜歡彼得。

句型 82

《公式 134》 **the fact is that**…「事實上…」

【背誦佳句】 *The fact is that* she can hardly swim.

事實是她幾乎不會游泳。

§公式解析

1 the fact is that…作「事實是」解，其中 that 引導名詞子句做

主詞補語。有時，**連接詞 that 可以省略**，而在 is 的後面加上

逗點，如：

【例】 *The fact is*, I don't like oysters at all.

（事實上，我一點也不喜歡牡蠣。）

§舉一反三

1 其他相關類例：

the truth is that…「真相是…」

the result is that…「結果是…」

the difficulty is that…「困難是…」

the chances are that…「很可能…；或許是…」

句型 83

《公式 135》 **as soon as**～
《公式 136》 **no sooner**～**than**… 「一～就…」
《公式 137》 **hardly**～**when**…

【背誦佳句】 *As soon as* he came home, he turned on the TV. 他一回家就打開電視。

【背誦佳句】 *No sooner* had she seen me *than* she went red. 她一看到我就臉紅。

【背誦佳句】 *Hardly* had he come home *when* the phone rang.
他一回到家，電話就響了。

§ 公式解析

1 **as soon as** 是表時間的從屬連接詞，可置於句首或句中，引導副詞子句時，可改為 **on** + 動名詞 (**V-ing**) 的形式。

【例】 He started *as soon as he received the news*.
= *On receiving the news*, he started.
（他一接到消息就出發了。）

⇨ 但，as soon as 的用法須注意下列兩點：
① 其所引導的子句**不可用進行式**。
② 引導表**時間**或**條件**的副詞子句時，常用**現在式**表未來的動作、狀態；用**現在完成式**表未來完成的意義。

【例】 Let's start *as soon as* we *have finished* lunch.
（我們一吃完午餐就開始吧。）

2 **no sooner ~ than**… 和 **hardly ~ when**… 的句型相同，其主要
子句的動詞通常用**過去完成式**（had + p.p.），而副詞子句的動
詞通常為**過去式**。加強語氣時，可將 no sooner, hardly 放在
句首形成倒裝句：…**had + 主詞 + p.p.**…

【例】*No sooner* had he heard that *than* he turned pale.

= He had *no sooner* heard that *than* he turned pale.

（他一聽到那件事情，臉色就發白。）

Hardly had he left the room *when* we burst
into laughter.

（他一離開房間，我們就突然大笑起來。）

= He had *hardly* left the room *when* we burst
into laughter.

§ 舉一反三

1 可與 as soon as ~「一～就…」互相代換的句型：

the moment (that) ~

the instant (that) ~

the minute (that) ~

directly (when) ~

immediately (when or after) ~

＊ the moment, the instant, the minute 都是名詞當連接詞用，
後面可接 that，但通常省略。而 directly 和 immediately 則
都是副詞當連接詞用，與 when 連用視為連接詞片語。

2 與 hardly ~ when (*or* before)…相同句型的類例：

scarcely ~ when (*or* before)…

barely ~ when (*or* before)…

hardly 和 scarcely 是表**否定**的副詞，可與 not ~ before
的句型互換。

【例】 I had *scarcely* waited an hour *when* he appeared.

= I had *not* waited an hour *before* he appeared.

（我等了不到一個小時，他就出現了。）

《聯考試題引證》

As soon as the party was over, Lucy got her coat and
ran down the street to meet her father.　　　【夜大】

【翻譯】 舞會一結束，露西就拿著外套，然後沿著街道跑去見她父親。

【解析】 as soon as「一~就」，引導副詞子句，修飾 got 和 ran。

【註釋】 *run down the street* 沿著街道跑（down 在此相當於 along）

《聯考試題引證》

中譯英：根據題後所附的字詞，將中文譯成通順的英文。

我剛到，他就非走不可。(no sooner, had to)　　　【夜大】

【答案】 I had *no sooner* arrived *than* he had to go.

或 *No sooner* had I arrived *than* he had to go.

【解析】 根據提示，本題應用 no sooner ~ than…的句型。

──《聯考試題引證》──

Hardly had I begun to move *when* George caught
me by the arm. 【日大】

【翻譯】　我一動，喬治就抓住我的手臂。

【解析】　本句是 hardly～when…的加強語氣用法，將 hardly
置於句首，其後用倒裝句型──**had + 主詞 + p.p.**。
「**catch + 某人 + by + the + 人體的某部位**」表「抓住
某人的～」。

──《聯考試題引證》──

No sooner had they heard the news *than* they rushed out
into the street. 【日大】

【翻譯】　他們一聽到這個消息就衝到街上去。

【解析】　**no sooner～than**…「一～就…」。

──《國外試題引證》──

No sooner had I come in the door *than* the phone began to
ring.

【翻譯】　我一進門，電話就響了。

【解析】　**no sooner～than**…「一～就…」。

句型 84

《公式 138》 not～until… 「直到…才～」

《公式 139》 not～long before… 「～不久，就…」

【背誦佳句】 He did *not* miss his wallet *until* he came home.
直到回家，他才發現皮夾不見了。

【背誦佳句】 I did *not* wait *long before* the police came. 我等了不久，警察就來了。

§公式解析

1. 在本公式中，until = before。not…until 是相關連接詞，until 引導副詞子句**修飾 not**，作「直到…才」解。

【例】 You do*n't* know how precious health is *until* you lose it.
（直到失去健康，你才知道它有多珍貴。）

⇨ until 所引導的副詞子句，若接在表**持續性**的動詞後，如 remain, stay, wait…等，則主要子句的動詞要用**肯定**。

【例】 I remained there *until* he arrived.
（我留在那裡，直到他到達。）

2. not～long before…表「在…之前不久」，但譯成中文時，before 不必譯出，一般都譯成「～不久，就…」。long 在此表**時間**。

【例】 It will *not* be *long before* he appears.
（他不久就會出現。）

⇨ long before 作「**過了一段時間才…**」解，before long 作
「**不久**」解。

【例】 It was *long before* he came.

（他過了一段時間才來。）

We hope to hear from him *before long*.
（我們希望不久就能接到他的信。）

⇨ not～long 之後可用 when 代替 before；但當 **it** 做主詞
時，則**不可用 when**，只能用 before，因為用 when 無
法造出有意義的句子。

【例】 I had *not* waited *long before* she appeared.
= I had *not* waited *long when* she appeared.

（在她出現之前，我沒等很久。── 在她出現時，
我沒等很久。）

⇨ not～long before (*or* when) 中的 long 可改為 **far** 或其
他確定的距離，來表示**距離**。

【例】 The businessman had *not* gone *far before* (*or when*)
he had a heart attack.

（那名商人走沒多遠，心臟病就發作了。）

The thief had *not* run *half a mile before* (*or when*)
he was caught.

（那個小偷跑不到半哩遠，就被捉到了。）

§舉一反三

1 not～until…的句型變化：

【例】 I did*n't* know it *until* he came back.

= *It was not until* he came back *that* I knew it.

= *Not until* he came back *did I* know it.

= *Only when* he came back *did I* know it.

（直到他回來，我才知道那件事。）

2 not～long before…所表示的時間並未確定，若要表示一段確定的時間，亦可以用確定的時間來代替 long。

【例】 I had *not* waited *two hours before* he appeared.

（我等不到兩小時，他就出現了。）

《聯考試題引證》

The full-scale giant plants could *not* be built perhaps *until* many years later, but the big cities may speed up the projects out of necessity. 【夜大】

【翻譯】 全盤性的巨大工廠或許要到許多年以後才會建好，但是大城市可能為了需要而加速計畫的完成。

【解析】 not～until…是相關連接詞，until 子句修飾 not，作「直到…才～」解。

【註釋】 full-scale〔'ful'skel〕*adj.* 全盤性的；完全的

giant〔'dʒaɪənt〕*adj.* 巨大的　　plant〔plænt〕*n.* 工廠

speed up 加速　　project〔'prɑdʒɛkt〕*n.* 計劃

out of 為了；由於　　necessity〔nə'sɛsətɪ〕*n.* 需要

句型 85

《公式 140》 **Now that**…「既然…」

《公式 141》 **in that**…「因為…」

【背誦佳句】 *Now that* he is gone, we can talk freely.

既然他已經離開，我們可以自由交談了。

【背誦佳句】 I am lucky *in that* I can study abroad.

我很幸運，因為我能出國留學。

§公式解析

1. now that 作「既然」解。在口語中，that 常常省略，只用 now 來當**連接詞**，因此這裏的 now 不單是表示時間觀念的「現在」，也相當於 **as, since**。

【例】 *Now (that)* you are well again, you can travel.

（既然你已經康復了，你就可以去旅行了。）

2. in that 等於 **in the fact that**（因為），相當於 **because**。

【例】 Women differ from men *in that* they are more sentimental.

（女人與男人不同，因為她們比較多愁善感。）

⇨ **that 子句一般不能做介系詞的受詞**，但有少數例外，如 **but, except, save** 等，可直接用 that 子句當受詞。

but that 「如果不是因為」

except that = save that 「除了…之外」

§舉一反三

1 Now (that) 與 since, as 的代換：

【例】 *Now* (*that*) you are here, you'd better stay.

= *Since* you are here, you'd better stay.

= *As* you are here, you'd better stay.

（既然你在這裡，那你最好是留下來。）

2 for that 也作「因為；由於」解，意義與 **for** 相當，但較少用。

【例】 *For that* he is honest, we all like him.

（由於他誠實，我們大家都喜歡他。）

《聯考試題引證》

請從下題的四個答案中，選出一個正確的答案：

The rain is over. You must not stay any longer.

You must not stay any longer ＿＿＿＿＿ the rain is over.

(A) when   (B) that

(C) now that   (D) as for   【日大】

【答案】 (C)

【翻譯】 既然雨停了，你就不可以再逗留。

【解析】 now that…「既然」。

    (A) when 為表時間或讓步的從屬連接詞，不合句意。

    (B) that 在此為表目的的從屬連接詞，不合句意。

    (D) as for「至於」為介系詞片語，常置於句首，不可接
        子句。

句型 86

《公式 142》 **what with A and what with B**
「半因 A，半因 B」

【背誦佳句】 ***What with*** hunger ***and what with*** the
cold, we had a very bad time of it.
半因飢餓，半因寒冷，我們度過了一段非
常艱辛的時期。

§公式解析

1 兩個**原因**並列時，用 what with A and what with B 的句型，
what 在此表「半；部分」的意思，也可以換成 **partly**。其中
第二個 what with 可以省略，也可只省略第二個 what。

【例】 ***What with*** hunger ***and what with*** the cold, we
had a very bad time of it.
= ***What with*** hunger and the cold, we had a
very bad time of it.

§舉一反三

1 與 what with A and what with B 相關的類例：

① what by A and (what by) B「半靠 A，半靠 B」【表手段】

② what between A and B「半因 A，半因 B」【表原因】

句型 87

《公式 143》 **due to**「由於」

【背誦佳句】 His failure was ***due to*** his ignorance.
他的失敗是由於他的無知。

§公式解析

1 due to 做介系詞用，後面接（動）名詞，表原因。due to 可放在 **be** 動詞後或句首。另外 on account of 和 because of 也是當介系詞，與 due to「由於」同義。

【例】 The plane crashed ***because of*** engine trouble.
（飛機因引擎故障而墜毀。）

§舉一反三

1 與 due to 同義的其他例子：

① thanks to

【通常用於表好的原因，如用於壞的原因時，則有諷刺意味】

② owing to

【例】 ***Owing to*** careless driving, he had an accident.
（由於駕駛疏忽，他出了意外。）

―《聯考試題引證》―――――――――――

This unusual accomplishment was *due to* the
inspiration of one man, King Alfred the Great, who
ruled from 891 to 899.　　　　　　　　　【日大】

【翻譯】　這種非凡的成就是由於一個人鼓吹的結果 —— 阿佛烈大
　　　　　帝，在位期間是西元 891 年到 899 年。

【解析】　**due to**「由於」；King…Great 是 man 的同位語，who
　　　　　引導的是補述用法的形容詞子句。

【註釋】　accomplishment〔ə'kɑmplɪʃmənt〕*n.* 成就
　　　　　inspiration〔,ɪnspə'reʃən〕*n.* 鼓吹；激勵
　　　　　rule〔rul〕*v.* 統治；支配

―《國外試題引證》―――――――――――

The need for water rationing is *due to* the long drought.

【翻譯】　由於長期乾旱，所以需要限水。

【解析】　**due to**「由於」。

【註釋】　need〔nid〕*n.* 需要　　　*water rationing* 限水措施
　　　　　drought〔draʊt〕*n.* 乾旱

句型 88

《公式 144》 **in order to** ~「爲了~」

《公式 145》 **in order that** …「爲了…」

【背誦佳句】

I'll do anything *in order to* win.

I'll do anything *in order that* I may win.

爲了要贏，我會做任何事。

§公式解析

1 in order to V. 是不定詞片語當**副詞**用，修飾動詞表**目的**。表必有**結果**的目的時，亦可用 **so as to**。

【例】 Betty got up early *in order to* (*so as to*) catch the early train.

（爲了要趕早班火車，貝蒂起得很早。）

⇨ 表目的的不定詞可置於**句首**以示加強語氣，但句子的主詞必須是該不定的意義主詞。如：

【例】 *In order to* appreciate poetry, *it* should be read aloud. 【誤】

In order to appreciate poetry, *you* should read it aloud. 【正】（爲了要欣賞詩，你應該高聲朗誦。）

【主要動詞的主詞，應是不定詞意義上的主詞。依句意，欣賞詩的一定是 you。】

2 in order that 後接**子句**，表目的。that 子句中用 **may** 或 **might**
比較正式，但現在也有人用 can, could, will, would。

⇨ 若主要子句的主詞和副詞子句的主詞不同時，副詞子句可改
成 (in order) **for** + **名詞** + **不定詞**的形式。

【例】 He spoke very slowly *in order that* we *might*
understand him.【主詞不同】

= He spoke very slowly (*in order*) *for us to*
understand him.

（他說得很慢，好讓我們了解他的話。）

§ 舉一反三

1 in order to 與 in order that 的句型代換：

$$
主詞 + 動詞 + \left\{ \begin{array}{l} \text{in order to} \\ \text{so as to} \\ \text{to} \end{array} \right\} + V. \text{「爲了」}
$$

$$
= 主詞 + 動詞 + \left\{ \begin{array}{l} \text{in order that} \\ \text{so that} \\ \text{that} \end{array} \right\} + 主詞 + \left\{ \begin{array}{l} \text{may} \\ \text{might} \end{array} \right\} + V.
$$

《**聯考試題引證**》

請將下題之中文譯成正確通順的英文：

要學好英文，必須下功夫。

【答案】 You have to take (great) pains *in order to* learn
English well.

【註釋】 *take pains* 努力；奮力（= *make efforts*）

句型 89

《公式 146》 **so as to~**

《公式 147》 **so that…may~**　　　「爲了~」

《公式 148》 **so~as to…**

《公式 149》 **so~that…**　　「如此~以便於…」

【背誦佳句】 She hurried out *so as to* catch the first train. She hurried out *so that* she *might* catch the first train.

　　　　　她爲了趕上第一班火車,而急忙出去。

【背誦佳句】 She got up *so* early *as to* catch the first train. She got up *so* early *that* she could catch the first train.

　　　　　她起得很早,以便能趕上第一班火車。

§公式解析

1 so as to 後面須接原形動詞,表帶有**結果**或必有結果的**目的**,做**副詞**用,修飾主要動詞。

　　【例】 He works hard day and night *so as to* pass the entrance examination next year.

　　　　（他日以繼夜地用功,是爲了能通過明年的入學考試。）

2 so that 是表**目的**的從屬連接詞,在 that 所引導的子句,用 may 或 might 比較正式,但現在也有人用 can, could, will, would 等其他助動詞。so that 也可引導表結果的子句。

【例】 I'm giving my boy a good education *so that* he
　　　 can more easily cope with life's difficulties.
　　　（我要給我兒子良好的教育，好讓他能更輕易地克
　　　　服生活上的困難。）【表目的】

　　　 Tom slammed the door *so that* he awakened
　　　 his father.【表結果】
　　　（湯姆用力關門，以致於吵醒他的父親。）

⇨ so that 可代換成 **in order that**，但是 **in order that** 可放
　 在句首，**so that** 不行。

【例】 *In order that* no man *might* enter, the servant
　　　 locked the door.（為了不讓人進來，僕人把門鎖上。）

⇨ 當主要子句和副詞子句的主詞相同時，可代換為表目的的不
　 定詞片語和表目的的動名詞片語；若主詞不同時，則可用
　 for + 名詞 + 不定詞的形式。

【例】 Betty got up early *so that* she *might* catch the early
　　　 train.（為了趕早班火車，貝蒂起得很早。）【主詞相同】
　　　 = Betty got up early *so as to* catch the early train.
　　　 = Betty got up early *for the sake of* catching the
　　　　 early train.

　　　 He spoke very slowly *so that* we *might* understand
　　　 him.（他說得很慢，好讓我們了解他的話。）【主詞不同】
　　　 = He spoke very slowly *for us to* understand him.

③ so～as to 的句型中，so 是副詞，後面接**形容詞**或**副詞**。so～as
to 可表**結果**，作「如此～以致於」解；可表**目的**，作「如此～
以便於」解。

【例】 He was *so* weak *as to* be unable to speak.

（他虛弱得說不出話來。）【表結果】

Come *so* early *as to* be in plenty of time.

（儘早來以便有充裕的時間。）【表目的】

④ so～that 的句型中，that 引導副詞子句，修飾前面的**相關副詞** so，表前面原因的**結果**。so 是副詞，後接**形容詞、副詞**，或**動詞**。

【例】 The bus was *so* full *that* I could hardly turn around.

（公車是如此的擠，以致於我幾乎不能轉身。）

Billy pitched *so* well *that* everyone cheered him at the end of the game.

（比利投得那麼好，以致於終場時每個人都為他歡呼。）

It *so* happened *that* he was not at home.

（他碰巧不在家。）【It 為形式主詞，代替後面的 that 子句】

⇨ 在口語中，或是 so 後面的字群不太長時，that 可以省略。

【例】 The orange was *so* sour (*that*) I couldn't eat it.

（柳橙酸得我沒辦法吃。）

⇨ 在口語中，有時甚至將 that 子句置於**句首**，並**省略 that**。由含有 so 的主要子句來說明。

【例】 I don't know what to do, I feel so happy.

= I feel *so* happy *that* I don't know what to do.

（我高興得不知道做什麼好。）

⇨ so～that 和 such～that 的比較：

① so 為副詞，後面可接**動詞、形容詞、副詞**；而 such 為形容詞，後面只可接**名詞**。

He is $\begin{cases} so \text{ honest} \\ such \text{ an honest man} \end{cases}$ *that* everybody

trusts him.（他是如此的誠實，以致於每個人都信任他。）

② such + 形容詞 + **不可數名詞**或**複數可數名詞** + that 的句型不可以用 so～that 代換。so～that 只可用於 so + 形容詞 + a(n) + 單數可數名詞 + that 的情形。

It is $\left\{ \begin{array}{l} \textbf{\textit{such}} 【正】 \\ \textit{so} 【誤】 \end{array} \right\}$ nice weather ***that*** I don't like to stay at home. (天氣這麼好，我不想待在家裡。)

They are $\left\{ \begin{array}{l} \textbf{\textit{such}} 【正】 \\ \textit{so} 【誤】 \end{array} \right\}$ good students ***that*** every teacher likes them.

(他們是這麼優秀的學生，以致於每位老師都喜歡他們。)

§舉一反三

1 上述四種句型的代換：

① so as to～ = in order to～

② so that…may～ = that…may～【省略 so】

= in order that…may～

= $\left\{ \begin{array}{l} \text{so as to} \\ \text{in order to} \end{array} \right\}$ + 原形動詞

= $\left\{ \begin{array}{l} \text{for the sake of} \\ \text{for the purpose of} \\ \text{with the purpose of} \\ \text{with the view of} \\ \text{with the object of} \\ \text{with an eye to} \\ \text{with a view to} \\ \text{with the aim of} \\ \text{with the intention of} \end{array} \right\}$ + V-ing

《聯考試題引證》

請將下題，譯成正確通順的英文：
那五名男子和一名女子，是為了投奔自由才劫機（highjacked an airplane）的。　　　　　　　　　　　【日大】

【答案】 Those five men and one woman highjacked an airplane *so as to* (*or* *in order to*) *seek freedom*.

【解析】 不定詞片語 **so as to** seek freedom 做副詞用，修飾 highjacked，表目的。

【註釋】 highjack 〔ˊhaɪˌdʒæk〕 *v.* 劫持　　　seek 〔sik〕 *v.* 尋求

《聯考試題引證》

　　Braille is a system of raised dots arranged on the page *so that* blind persons *can* read by feeling the dots with their fingers. Because many books and magazines are available in Braille, blind people can now do their own reading and need not depend on people who can read.　　　　　　　　　　　【日大】

【翻譯】 點字法是一種在書頁上安置突出小點的方法，使盲人可以用手指觸摸這些小點來閱讀。因為許多書籍和雜誌都有點字本，盲人現在可以自己閱讀，而不需要依賴能閱讀的人。

【解析】 **so that～can**「為了；以便」，so that 引導的副詞子句修飾 arranged，表目的，其中 by…fingers 是副詞片語，修飾 read。
Because 引導副詞子句，修飾 do 和 depend，表原因。
who can read 是形容詞子句，修飾 people。

【註釋】　Braille〔brel〕*n.* 盲人點字法　　raised〔rezd〕*adj.* 突起的

dot〔dɑt〕*n.* 小點　　arrange〔əˈrendʒ〕*v.* 安排；排列

available〔əˈveləbḷ〕*adj.* 可獲得的

do one's own reading 閱讀

《考前實力測驗》

He was *so* angry *as to* be unable to speak.

= He was *so* angry *that* he could not speak.

【翻譯】　他氣得說不出話來。

【解析】　**so ~ as to** …「如此~以致於…」。

《考前實力測驗》

John plays baseball *so* well *that*, given the proper training,

he may well become a creditable professional.

【翻譯】　約翰棒球打得那麼好，因此，如果給予適當的訓練，他很

可能成為優秀的職業選手。

【解析】　given…training 是由副詞子句 if he is given the proper

training 簡化而來的分詞構句，修飾 become。

so…that「如此…以致於」，為從屬連接詞，so 為副詞，

修飾 well；that 引導表結果的副詞子句，修飾 so。

【註釋】　proper〔ˈprɑpɚ〕*adj.* 適當的

may well 很有理由；太可以

creditable〔ˈkrɛdɪtəbḷ〕*adj.* 值得稱讚的；優秀的

professional〔prəˈfɛʃənḷ〕*n.* 職業選手

句型 90

《公式 150》 **in case**…「以防…」
《公式 151》 **for fear**…「惟恐…」
《公式 152》 **lest**…「以免…」

【背誦佳句】

Take an umbrella with you *in case* it rains.

隨身帶把雨傘，以防下雨。

= Take an umbrella with you *for fear* it will rain.

= Take an umbrella with you *lest* it (should) rain.

§公式解析

1 表**否定目的**的子句，連接詞可用 in case (that), for fear (that) 以及 lest。由此類連接詞所引導的子句，通常使用助動詞 **should**，但亦有下列情形：

① 口語中可用**直說法現在式**代替 should + V.，如公式 150 的背誦佳句。

【例】 Better chain up the dog *in case* (*that*) it bites.
(最好用鍊子拴住這條狗，以防止牠咬人。)

② 子句中的 should 也可以用 **shall**, **may**, **might**, **will** 代替，如公式 151 的背誦佳句。

【例】 I didn't tell her the truth *for fear* she *should* (*might*, *would*) get angry. (我沒告訴她真相，以免她生氣。)

③ 美語中 lest 之後的 should 常省略，如公式 152 的背誦佳句。

【例】 I didn't tell her the truth *lest* she (*should*) get angry.

⇨ 上述連接詞代換例句請參見舉一反三。

§ 舉一反三

1 in case, for fear, lest 所引導的副詞子句可以換成 **that, so that**
或 **in order that** 接否定動詞的子句。若主要子句的主詞和副詞
子句的主詞相同時，亦可化成表否定目的之不定詞片語。

【例】 Tom got up early $\left\{\begin{array}{l} \text{in case (that)} \\ \text{for fear} \\ \text{lest} \end{array}\right\}$ he should

miss the bus.

= Tom got up early $\left\{\begin{array}{l} \text{that} \\ \text{so that} \\ \text{in order that} \end{array}\right\}$ he might not

miss the bus.

= Tom got up early $\left\{\begin{array}{l} \text{in order not to} \\ \text{so as not to} \end{array}\right\}$ miss the bus.

（湯姆起得很早，惟恐趕不上公車。）

《考前實力測驗》

Hide it *lest* he (*should*) see it.

【翻譯】 把它藏起來，以免讓他看到。

【解析】 **lest** ~ (**should**)…「以免…」。

句型 91

《公式 153》 **only to ~**「結果卻~」

《公式 154》 **in vain**「無效；徒勞無功」

【背誦佳句】 He gave up smoking *only to* start again the next day.

他戒了菸，結果第二天卻又開始抽菸。

【背誦佳句】 The boys cried for help *in vain*.

男孩們大聲求救，但沒有用。

§公式解析

1 only to ~「結果卻~」用來表**令人失望的結果**。

【例】 He worked hard *only to* fail.

（他很努力，結果卻失敗了。）

2 in vain 是**副詞**片語，用來**修飾全句**，表示結果，作「無效；徒勞無功」解。

【例】 He tried to solve the problem *in vain*.

（他試圖解決這個問題，但沒有用。）

⇨ in vain 亦可當形容詞片語，作「徒然；白費的」解。

【例】 Our efforts were *in vain*.

（我們的努力白費了。）

§舉一反三

1️⃣ 表「結果沒有再～」，可以用 never to～。

　　【例】 They parted, ***never to*** see each other again.

　　　　（他們分手了，從此沒有再見面。）

《聯考試題引證》

請從下題的四個答案中，選出一個正確的答案：

我衝到門口，卻發現門是鎖著的。

(A) I rushed to the door, and discover that it was locked.

(B) I rushed to the door, then discovered that it was locked.

(C) I rushed to the door, to discover that it was locked.

(D) I rushed to the door, only to discover that it was locked.

(E) I rushed to the door, and then discovered that it was locked.　　　　　　　　　　　　　　　【日大】

【答案】 (D)

【解析】 **only to～**「結果卻～」。

　　　　(A) and 是累積連接詞，作「和；而且」解。

　　　　(B) then = (E) and then「然後；此外」，不合句意。

　　　　(C) 不定詞放在句尾，且前有逗點，是表目的，不合句意。

《聯考試題引證》

The years hurried onward and now he was an aged man. But not *in vain* had he grown old; more numerous than the white hairs on his head were the wise thoughts in his mind. Besides, he was loved and respected by all. 　　　　　　【日大】

【翻譯】　時光飛逝，現在他已經是個老人了。但他並沒有馬齒徒長；他的心靈智慧比頭上的白髮還多。此外，他還受所有人愛戴及尊敬。

【解析】　**in vain**「無效；徒勞無功」，是副詞片語。not in vain 為**否定**的副詞片語，放句首時，後面句子要倒裝，所以原句為 "But he had not grown old in vain; …"。下一句為強調**主詞補語** more…head，故將其調至句首，形成**倒裝句**，原句為 "the wise thoughts in his mind were more numerous than the white hairs on his head."。

【註釋】　onward〔'ɑnwəd〕adv. 向前地
　　　　aged〔edʒd〕adj. 年老的
　　　　numerous〔'njumərəs〕adj. 許多的

句型 92

《公式 155》 祈使句 + **and**…「～，就…」
《公式 156》 祈使句 + **or**…「～，否則…」

【背誦佳句】 Think hard, **and** you'll find the
answer. 努力想，你就會找到答案。

【背誦佳句】 Hurry up, **or** you'll be late for class.
快一點，否則你上課會遲到。

§公式解析

1 祈使句之後接 and 時，有**條件句**的作用，此時祈使句可與**直說法**的條件句互換。

【例】 Think hard, **and** you'll find the answer.

= If you think hard, you'll find the answer.

⇨ 在此句型中，若句意明確時，可將祈使句動詞省略，而以「**名詞 + and**」的方式表示，如：

【例】 One more effort, **and** you will succeed.

= **Make** one more effort, **and** you will succeed.

= **If** you make one more effort, you will succeed.

（如果你再努力一下，就會成功。）

⇨ 但如果 and 之後的動詞表**過去**的動作或狀態時，則這種「名詞 + and」的句型**並非祈使句**，此時名詞的部分可依句意改為副詞子句，如：

【例】 A few minutes **and** they went away.

= **After** a few minutes (**had**) **passed**, they went away.

（過了幾分鐘，他們就走了。）

2 祈使句 + or 中的 or 作「否則」解，其後所接的子句是表相反的結果，此時祈使句可與 if…not 子句代換。

【例】 Hurry **up**, *or* you'll be late for class.
　　　= *If* you *don't* hurry up, you'll be late for class.

§舉一反三

1 祈使句 + and 的句型代換：

【例】 Go straight on, *and* you will see the library.
　　　= *If* you go straight on, you will see the library.
　　　（假如你一直走，你就會看到那座圖書館。）

2 祈使句 + or 的句型代換：

【例】 Do your **work**, *or* you will be punished.
　　　= *If* you do *not* do your work, you will be punished.
　　　= Do you work, *or else* you will be punished.
　　　= Do you work; *otherwise* you will be punished.
　　　（做你的工作，否則你會受罰。）

《聯考試題引證》

請從下題的四個答案中，選出一個正確的答案：

(　　) Mr. Li is a learned man.　Ask him a question,
　　　_____ a ready reply.

　　　(A) or he will give you

　　　(B) and he will give you

　　　(C) if you expected

　　　(D) if you anticipated　　　　　　　　【夜大】

【答案】 (B)

【翻譯】 李先生是個博學的人。如果你問他問題，他會馬上答覆你。

【解析】 「**祈使句 + and**」的句型中，祈使句是表條件，可以和直
　　　　　說法的條件句互換，本句可改為 If you ask him a
　　　　　question, he will give you a ready reply.
　　　　　(A)「**祈使句 + or**」的句型中，or 作「否則」解，不合句意。
　　　　　(C) (D) 動詞用過去式，不合句意。

【註釋】 learned〔ˈlɜnɪd〕*adj.* 博學的
　　　　　ready〔ˈrɛdɪ〕*adj.* 準備好的；迅速的
　　　　　anticipate〔ænˈtɪsəˌpet〕*v.* 預期；期待

《聯考試題引證》

請在下題的空格內填入符合題意的正確英文：

告訴孩子們，如果他們不守規矩，**就得不到禮物**。

Tell the children to ＿＿＿＿＿ ＿＿＿＿＿ they are not
getting any presents.　　　　　　　　　　　【日大】

【答案】 **behave or**

【解析】 祈使句 + or … 「～，否則 … 」。

【註釋】 *behave* (*oneself*) 守規矩

句型 93

《公式 157》 **as long as**…「只要…」

《公式 158》 **as far as**…「就…的限度」

【背誦佳句】 Any book will do *as long as* it is interesting.

只要有趣，任何書都可以。

【背誦佳句】 *As far as* I know, he never breaks his promise. 就我所知，他從未食言。

§公式解析

1. as long as 或 so long as 可引導副詞子句，表**條件**，等於 **if only**。

【例】 You can go where you like *so long as* you get back before dark.

（你愛去哪裡都可以，只要你在天黑前回來。）

⇨ as (so) long as 亦可引導副詞子句，表**時間**，作「在…的期間」解，等於 **while**。

【例】 You shall never enter this house *as long as* (= *while*) I live in it.

（在我住在這棟房子的期間，你永遠不准進入這裡。）

⇨ as long as 亦可作「像～一樣長」解，此時第一個 as 是**副詞**，修飾後面的 long，第二個 as 是**連接詞**，引導副詞子句修飾第一個 as。

【例】 This pencil is *as long as* that one (is).

（這枝鉛筆和那枝一樣長。）

2 as far as 或 so far as 當連接詞，除了作「就…的限度」解外，亦可作「如…那麼遠」解。

【例】 It was not *as far as* I expected.

（它不如我所預期的那麼遠。）

⇨ as (so) far as 亦可當**介系詞**，作「遠至…」解。

He walked *as far as* the station.

= He walked *to* the station. （他走到車站去。）

§舉一反三

1 含有 as (so) far as 的重要慣用語：

① as far as ~ be concerned（就~而言；至於）

【例】 *As far as* they themselves *are concerned*, they are safe and sound. （至於他們自己，則安然無恙。）

② in so far as（視…而定）

【例】 You will learn your lessons only *in so far as* you are willing to study them.

（你能學到多少課程，完全視你願意努力的程度而定。）

《聯考試題引證》

As long as the old king holds his job, his subjects turn to him to decide everything —— when to search for food or where to camp, for instance. 【日大】

【翻譯】 只要老王在位，他的臣民就依賴他決定一切 —— 例如什麼時候去找食物，到那裡紮營。

【解析】 As long as…「只要…」，表條件。破折號引導附加全句
意義的語句。**when to search for food** 和 **where to
camp** 是疑問副詞加不定詞，等於名詞片語。

【註釋】 subject〔'sʌbdʒɪkt〕*n.* 臣民
turn to 求助於　　camp〔kæmp〕*v.* 紮營

《聯考試題引證》

請將下題之英文譯成中文：

As far as traffic safety is concerned, most drivers in
Taipei should be re-educated. 　　　　　【日大】

【答案】 就交通安全而言，台北的駕駛人大多應該再教育。

【解析】 **as far as～be concerned**「就～而言」。

【註釋】 re-educate〔ri'ɛdʒəˌket〕*v.* 再教育

《國外試題引證》

As long as you hand in all the assignments you will pass
the course.

【翻譯】 只要你繳交所有的作業，你這門課就會通過。

【解析】 **as long as**「只要」。

【註釋】 ***hand in*** 繳交　　assignment〔ə'saɪnmənt〕*n.* 作業
pass〔pæs〕*v.* 通過；及格

句型 94

《公式 159》　If + S. + $\begin{cases} \text{過去式（或 were）} \\ \text{過去式助動詞 + V.} \end{cases}$ + ~ ,

S. + $\begin{cases} \textbf{would, could} \\ \textbf{should, might} \end{cases}$ + V. ⋯

（與現在事實相反的假設）

《公式 160》　If + S. + had + p.p. ~ ,

S. + $\begin{cases} \textbf{would, could} \\ \textbf{should, might} \end{cases}$ + have + p.p. ⋯

（與過去事實相反的假設）

【背誦佳句】　*If* I *were* you, I *would take* his advice.
　　　　　　如果我是你，我會接受他的忠告。

【背誦佳句】　*If* you *had been* there, I *could have asked* you to help me.
　　　　　　如果你當時在那裡，我早就要求你幫我了。

§公式解析

1　公式 159 是假設語氣，爲與現在事實相反的假設。公式 160 是與過去事實相反的假設。

【例】*If* she *had* more money, she *would dress* more fashionably.（如果她有更多錢，她會穿得更時髦。）

【事實上，她沒有更多錢，所以她穿得很普通。】

If you *had told* him, he *might have made* some suggestions.（如果你有告訴他，他可能會提一些建議。）

【事實上，你沒有告訴他，他也沒有提過建議。】

§舉一反三

1 在條件子句中，可表條件的其他連接詞：

unless（除非）   in the event that（如果；萬一）

as long as（只要）   only that（如果不是）

in case (= if)（如果）   suppose (that)

if only（只要）   supposing (that)

only if（只要）   provided (that)   (= if)（如果）

but that（如果不是）   providing (that)

once = as soon as（一旦）

《考前實力測驗》

We *could not concentrate* on anything at all *if* we *were* not able to forget everything else for the time being.

【翻譯】 假如我們不能暫時忘記其他的所有事物，我們就無法專注於任何事物。

【解析】 **If + S. + were ~ , S. +** { **would, could** / **should, might** } **+ 原形動詞**

表與現在事實相反的假設，if 子句可調至句尾。

【註釋】 *concentrate on* 專注於

for the time being 暫時

句型 95

《公式 161》 與現在事實相反的假設法中，**if** 的省略。

《公式 162》 與過去事實相反的假設法中，**if** 的省略。

【背誦佳句】 *Were I* a superman, I could fly to you.

如果我是超人，我就能飛到你身邊。

【背誦佳句】 *Had she heard* this, she would have killed you.

如果她聽到這件事，她早就殺了你。

§公式解析

1) 這兩個公式是在說明假設語氣中，省略 if 的用法。在假設語氣中，表條件的副詞子句可以省略 if，但主詞與動詞必須倒裝。而且只有 **were, had, should, would** 等可以放在主詞前形成疑問詞的字，才能省略 if。

【例】 *If it were* not for his illness, he could do better.

= *Were it* not for his illness, he could do better.

（若非生病，他會做得更好。）

If he should fail, he would commit suicide.

= *Should he* fail, he would commit suicide.

（如果他萬一失敗了，他會自殺。）

§舉一反三

1 假設語氣中，以 if 及感嘆詞表「**願望**」的假設法：

If		過去式或 were —— 指現在
If only		（與現在事實相反）
Oh that		過去完成式 —— 指過去
Would (that)	+ S. +	（與過去事實相反）
Would to God (that)		過去式助動詞 + 原形動詞
I wish to God (that)		—— 指未來（與未來事實
I wish to Heaven (that)		相反）

《聯考試題引證》

請從下題的四個答案中，選出一個正確的答案：

_____ more money, I would have bought that coat
for my mother.

(A) If I have   (B) If I should have

(C) If I have had   (D) Had I had   【夜大】

【答案】 (D)

【翻譯】 假如當時我有較多的錢，我就會為我母親買下那件外套。

【解析】 本題是與過去事實相反的假設，所以條件子句中的條件是
過去沒有實現或不可能的事，而主要子句裡所獲致的結論
也非真實的。

Had I had = If I had had

(A) 是與現在事實相反的假設，不合句意。

(B) 是表未來不可能的事，也不合句意。

(C) 是直說法的條件句，也不合句意。

【直說法的條件句，是以事實或普遍的情況為條件，說話者心中
並未存與事實相反之意，因此不屬於假設語氣。】

句型 96

《公式 163》 **If it were not for**～「要不是；如果沒有」

《公式 164》 **If it had not been for**～「要不是；如果沒有」

《公式 165》 **If…should**～「萬一～」

【背誦佳句】 *If it were not for* your advice, I
wouldn't know what to do.
要不是有你的建議，我將不知所措。

【背誦佳句】 *If it had not been for* your advice,
I wouldn't have known what to do.
當時要不是有你的建議，我真會不知所措。

【背誦佳句】 *If* it *should* rain tomorrow, don't
expect me. 萬一明天下雨，就不必等我了。

§公式解析

1) 與現在事實相反的假設，公式如下：

連接詞	條 件 子 句	主 要 子 句
If	① were（或過去式動詞） ② 過去式助動詞 + V.	should, could would, might ⎱ + V.

【例】 *If* this soup *had* more salt in it, it *would taste* better.
（如果多放點鹽，這湯的味道會更好。）
【事實上，這湯鹽放得太少，味道不好。】

If she *could* help you, she *would help* you.
（如果她能幫你的話，她一定會幫你的。）
【可惜她不能幫你。】

2 與過去事實相反的假設，公式如下：

連接詞	條件子句	主　要　子　句
If	had + 過去分詞	should, could would, might ⎫ + have + 過去分詞

【例】 *If* I *had known* her telephone number, *I would have called* her.

（如果我早知道她的電話號碼，我就會打電話給她。）

【事實上，我不知道她的電話號碼，也沒打電話給她。】

The dog *would have bitten* you *if* it *had not been* tied up. （如果那隻狗沒被綁好的話，牠可能早就咬了你。）

【事實上，那隻狗被綁好了，而且也沒咬你。】

3 與未來事實相反的假設，公式有二：

連接詞	條件子句	主　要　子　句
If	should + V. 作「萬一」解，表可能性很小。	① 祈使句 ② shall, will can, may ⎫ + V. ③ should, would could, might ⎫ + V.

【例】 If he *should* be sick, he *would send* for the doctor.

（萬一他生病了，他會請醫生。）

【事實上，他生病的可能性很小，但是萬一生病，他會請醫生。】

⇨ **只有在條件子句中用 should + V.，主要子句才可用祈使句。**

連接詞	條件子句	主　要　子　句
If	① 過去式 ② were to + V.	should, would could, might ⎫ + V.

【例】 If your father *knew* this, he *would be* angry.

（如果你父親知道這件事，他會生氣的。）

【此句可同時表示與現在和未來相反的假設】

If we *were to* live 200 years, we *could change*
everything.（如果我們能活二百年，我們就能改變一切。）

【事實上，我們不可能活二百年，也不能改變一切。】

§舉一反三

[1] 假設法的兩個子句，有時一個子句是敘述事實，就用**直說法**，
另一子句表示與事實相反的假設時，就用假設法。

【例】 If he was ill, he should have gone to see the doctor.

（如果他生病了，他就該去看醫生。）

【條件子句 was ill，是因為說話者不知道他生病了沒，所以用
直說法；但是他並沒有去看醫生，所以主要子句用假設法】

[2] 假設法中有些句子，有時主要子句表與現在事實相反，條件子
句表與過去事實相反。

【例】 If it had rained last night, the ground would be wet
now.（如果昨晚下雨的話，現在地面就會是溼的。）

─── 《聯考試題引證》───

If civilization *should* discontinue for one hundred
years, it *would* perish.　　　　　　　　　　【日大】

【翻譯】 萬一文明中斷一百年，它就會毀滅。

【解析】 **If…should**～「萬一～」。

【註釋】 civilization〔͵sɪvḷaɪˈzeʃən〕*n.* 文明
discontinue〔͵dɪskənˈtɪnju〕*v.* 中斷；停止
perish〔ˈpɛrɪʃ〕*v.* 毀滅

句型 97

《公式 166》　**as if**…　　　　「好像…」
　　　　　　　　as though…
《公式 167》　**as it were**「好比是；可說是」

【背誦佳句】 He talks *as if* he knew everything.
　　　　　　 他說話的樣子，好像他知道每一件事。

【背誦佳句】 He is, *as it were*, a sleeping lion.
　　　　　　 他好比是一隻睡獅。

§公式解析

1 as if 和 as though 意義相同，但 as if 較常用。as if, as though 引導子句表示「好像」的**假設法**。其句型如下：

S. + V. + as if (*or* as though) + S. + ① *or* ② *or* ③

①過去式或 were —— 指現在（與現在事實相反）

【例】 He talks *as if* he *knew* everything.
　　　（他說話的樣子，好像他知道每一件事。）

②過去完成式 —— 指過去（與過去事實相反）

【例】 He talks *as if* he *had known* John since boyhood.
　　　（他說起話來似乎從小就認識約翰。）

③過去式助動詞 + 原形動詞 —— 指未來（與未來事實相反）

【例】 He talks and acts *as if* he *might* not *live* long.
　　　（他的言行舉止就像是活不久似的。）

⇨ as if 是省略而來的**從屬連接詞**，as though 比 as if 少用，因爲 though 在古英語中等於 if。

【例】 The child talks *as if* he were a grown-up.
= The child talks *as he would talk if* he were a grown-up. (這孩子說起話來好像是個成年人。)

⇨ as if (though)，尤其在 It seems (appears, looks) as if (though) 之後，依句意需要，也可接**直說法**，這表示說話者認爲有可能是事實的事。

【例】 She came to see me *as though* she was having trouble. (她來看我，好像是她有了麻煩。)
【說話者認爲她可能有了麻煩】

It seems *as if* it *were* raining.
(看起來好像在下雨。)【假設法現在式，其實並沒有下雨】

It seems *as if* it *is* raining.
(看起來好像下雨了。)
【直說法現在式，說話者認爲可能在下雨】

⇨ as if, as though 所引導子句之時態不受主要子句影響。

He $\begin{cases} \text{talks} \\ \text{has talked} \\ \text{talked} \\ \text{will talk} \end{cases}$ *as if* he had been abroad.

(他說起話來好像他曾去過外國。)

⇨ as if, as though 之後可接**不定詞**、**分詞**、**介詞**，這是把 as if (though) 所引導之子句的主詞、動詞省略。

【例】 He opened his lips *as if* (he were going) to speak.
(他開口好像要說什麼似的。)

Her eyes were restless *as though* (it were) from fear. (她的眼神不安，好像由於害怕。)

【 it 代替 Her eyes were restless。 】

2️⃣ as it were 作「可說是；好比是」解，相當於 **so to speak** 或 **so to say**。事實上也是省略而來。

【例】 He is, *as it were*, a walking dictionary.

= He is, *as if it were so*, a walking dictionary.

(他就像是本活字典。)

§ 舉一反三

1️⃣ as it were 的代換句型：

$$\begin{cases} \text{as (if) it were (so)} \\ = \text{so to speak} = \text{so to say} \end{cases}$$

《 聯考試題引證 》

根據下文，請從下題的四個答案中，選出一個正確的答案：

We really felt that the weather was taking a turn for the better, and it looked *as though* we had a chance of getting the few fine days that were essential if our attack on the summit was to have any hope of success. The weather (A) was going to clear up.

　　　　　　　(B) had been favorable all along.

　　　　　　　(C) showed ominous signs.

　　　　　　　(D) encouraged us to feel certain of

　　　　　　　　　success.　　　　　　【夜大】

【答案】 (A)

【翻譯】 我們真的覺得天氣漸漸好轉了，看起來就像我們有希望享
有幾天的好天氣。如果我們要征服峰頂這件事有任何成功
的希望，這幾天的好天氣是不可或缺的。

天氣 (A) <u>將會放晴。</u>

(B) 一直都很有利。

(C) 顯出凶兆。

(D) 激勵我們，確信成功的到來。

【解析】 **as though**…「好像…」，在此是直說法過去式，表示可
能是事實的事。

【注釋】 *take a turn for the better* 好轉
essential〔ə'sɛnʃəl〕*adj.* 必要的
attack〔ə'tæk〕*n.* 攻擊　　summit〔'sʌmɪt〕*n.* 峰頂
clear up 放晴　　favorable〔'fevərəbļ〕*adj.* 有利的
all along 一直　　ominous〔'ɑmənəs〕*adj.* 凶兆的

── 《考前實力測驗》 ──────────

He became, *as it were*, a kind of hero from a
strange land.

【解析】 **as it were**「好比是；所謂」。

【翻譯】 他就像變成了一個從異鄉來的英雄。

【注釋】 strange〔strendʒ〕*adj.* 陌生的；外國的
land〔lænd〕*n.* 國家；國度

句型 98

《公式 168》 **no matter who···** 「不論誰···」
whoever···

【背誦佳句】 *No matter who* says so, I won't believe it.
不論誰這麼說，我都不相信。

【背誦佳句】 *Whoever* says so, I won't believe it.

§公式解析

1) whoever, whosever, whomever, whichever, whatever 可引導副詞子句表**讓步**，在子句中有名詞作用者，稱爲**複合關係代名詞**，有形容詞作用者，稱爲**複合關係形容詞**。

【例】 *Whatever* (= *No matter what*) your problems are, they can't be worse than mine.
（不管你的問題是什麼，總不會比我的更嚴重。）

Whatever difficulties he may meet with, he will not be discouraged.
= *No matter what* difficulties he may meet with, he will not be discouraged.
（他無論遭遇到什麼樣的困難，都不會洩氣。）

⇨ no matter + 疑問詞
　　疑問詞-ever ⎱ + may【用不用 may 都可以】，可視爲

表讓步的從屬連接詞，其用法須注意下列三點：

① **whoever**, **whichever**, **whatever** 三者具有名詞性質，
故在子句之中須當主詞或受詞。

【例】 *Whoever* (*No matter who*) comes, he will be
welcome. (無論誰來都會受到歡迎。)

Whomever (*No matter whom*) you doubt,
never doubt yourself.

(無論你懷疑誰，絕不能懷疑自己。)

② **whichever**, **whatever** 還有形容詞的性質，可修飾
名詞。

【例】 Eat *whatever* food (= *any food that*) you like.

(吃你喜歡的任何食物。)

③ **whenever**, **wherever**, **however** 三者具有副詞性質，
修飾子句中的動詞、形容詞或副詞。

【例】 *Whenever* (= *No matter when*) you may come,
you will find me at home.

(無論你什麼時候來，我都在家。)

§ 舉一反三

1 引導名詞子句和副詞子句的複合關係代名詞或形容詞容易弄混，
請看下面的比較：

引 導 名 詞 子 句	引 導 副 詞 子 句
whoever = anyone who	whoever = no matter who
whichever = any that	whichever = no matter which
whatever = anything that	whatever = no matter what

【例】 **Whoever** (= *Anyone who*) says so is a liar.
（凡是這樣說的人就是一個說謊者。）

Whoever (= *No matter who*) may say so, it is a lie.
（不論誰這樣說，那都是謊言。）

─── 《考前實力測驗》 ───

Whoever else may object, I shall approve.

【翻譯】 不論誰反對，我都要贊成。

【解析】 **whoever… = no matter who…**「不論誰…」。

【註釋】 object〔əb'dʒɛkt〕v. 反對
approve〔ə'pruv〕v. 贊成

句型 99

《公式 169》 **whether A or B**「不論 A 或 B」

【背誦佳句】 Things will change, *whether* you like it *or not*.

不論你喜歡與否，事情都會改變。

§公式解析

1 此句型中，whether…or 是表**讓步**的從屬連接詞，引導**副詞子句**，or…不可省略。whether…or not 也可引導**名詞子句**，一般而言 or not 可以省略，不過意思略有不同。

【例】 I'll start next week, *whether it rains or not*.
（不管下星期有沒有下雨，我都會出發。）

⇨ whether…or not 的 not 可以代替一個否定的子句，或寫成 whether or not…。下列四句的意思都相同，但寫法不同。

I don't know *whether he is well or not*.
I don't know *whether he is well or whether he is not well*.【不常用】
I don't know *whether or not he is well*.
I don't know *whether he is well or is not well*.
（我不知道他身體是否安好。）【不常用】

⇨ 試比較下列三句：

I don't know *whether* he is well *or not*.
（我不知道他的身體是否安好。）

I don't know *whether* he is well.

（我不知道他的身體可好。）【我懷疑他的身體不好】

I do not know *whether* he is *not well*.

（我不知道他的身體是否不好。）【我想他的身體並非不好】

§舉一反三

1 本句型的類例有四種：

whether A or B「不論 A 或 B」

whether ~ or not
= whether or not ~ ⎫「不論是否～」

whether or no ~
= ~ whether or no ⎫「無論如何要～」【whether or no 是副詞片語】

─── 《聯考試題引證》 ───

請從下題的四個答案中，選出一個正確的答案：

_____ we help him or not, he will fail.

(A) No matter whether   (B) No matter

(C) Whether if   (D) If   【夜大】

【答案】 (A)

【翻譯】 不論我們是否幫助他，他都會失敗。

【解析】 whether 是表讓步的從屬連接詞，引導副詞子句，修飾 fail。
No matter 在此是加強語氣。
(B) No matter 要加上疑問詞，才成為表讓步的從屬連接詞。
(C) Whether 和 if 不可連用。
(D) 後面有 or not 時，只可用 whether。

句型 **100**

《公式 170》 **It is true**～, **but**…「的確～，但是…」

【背誦佳句】 *It is true* money is important, *but* it is not everything.

錢的確重要，但並非最重要。

§公式解析

1 It is true～, but…是表示**讓步**的強調語氣，其中 It is true 可代換成 **indeed** 或是獨立不定詞片語 **to be sure**。

【例】 *It is true* he is old, *but* he is still strong.

= *Indeed* he is old, *but* he is still strong.

= *To be sure* he is old, *but* he is still strong.

（他的確是老了，不過還是很強壯。）

⇨ to be sure 還可放在**句中**，前後用逗點隔開。

【例】 A good idea, *to be sure*, but it is hard to put into practice.

（不錯，那是個好主意，但難以實行。）

§舉一反三

1 本句型之代換句型如下：

It is true～but… = Of course～but…

= Certainly～but… = No doubt～but…

句型 101

《公式 171》 A as B is「雖然 B 是 A」

【背誦佳句】

Child as he is, he knows a lot about computers.
雖然他是小孩，但他知道很多關於電腦的事。

§公式解析

1 A as B is 的句型中，as 是表**讓步的從屬連接詞**，相當於 though。但是 A 為名詞時，不論其是否為單數，一律**不加冠詞**。

> *Child as he is*, he can answer the question. 【正】
> = *A child as he is*, he can answer the question. 【誤】
> （雖然他是個小孩，卻能回答這個問題。）

⇨ 這句型可代換成 **though** 或 **although** 所引導的副詞子句。

【例】 *Woman as she is*, she is up to the work.

= *Although (though)* she is a woman, she is up to the work.

（雖然她是女流之輩，卻可以勝任這項工作。）

⇨ 但是 A as B is 的句型中，as 可代換成 that 或 though，卻不可代換成 although，因為 **although 只能擺在句首**。

【例】 *Soldier as he is*, he is not brave.

（雖然他是軍人，但是並不英勇。）

= Soldier *though* he is, he is not brave. 【正】

= Soldier *that* he is, he is not brave. 【正】

= Soldier *although* he is, he is not brave. 【誤】

§ 舉一反三

1 A as B is 的句型當中，A 除了可以是**名詞**外，還有下列四種用法：

① 形容詞 + **as** + 主詞 + 動詞

【例】 ***Poor as he was***, he was above selling his honor at any price.

（他雖然窮，卻絕不會出賣自己的名譽。）

② 副詞 + **as** + 主詞 + 動詞

【例】 ***Rashly as he acted***, he had some excuse.

（雖然他的行為輕率，但卻是有理由的。）

③ 分詞 + **as** + 主詞 + 動詞

【例】 ***Surrounded as he was*** by the enemy, he was not afraid.（雖然他被敵人包圍，但他不怕。）

④ 動詞 + **as** + 主詞 + 助動詞

【例】 ***Try as he may***, he never seems able to do the work satisfactorily.

（雖然他很努力，卻似乎無法把這個工作做得很圓滿。）

⇨ 第三種用法是**加強語氣**的副詞子句，可能表**讓步**，也可能表**原因**，視句意而定。「as + 主詞 + 動詞」是插入語，其前後之逗點可省略。請看例句：

【例】 Living, *as* I do, in the suburbs, I have few visitors.

= *As I live in the suburbs*, I have few visitors.

（因為我住在郊區，所以少有訪客。）

【助動詞 do，代替 live；此處副詞子句是表原因】

句型 102

《公式 172》 **be A B** 「無論 A 是 B」

《公式 173》 **for all～** 「儘管～」

【背誦佳句】 *Be it ever so humble*, there's no place like home.

無論家是多麼簡陋，沒有什麼地方可以比得上它。

【背誦佳句】 *For all* her faults, I still like her.

儘管她有缺點，我仍然喜歡她。

§公式解析

1 「Be + 主詞 + 形容詞或名詞」是沒有連接詞的句型，也可表**讓步**。有時「命令動詞 + 疑問詞 + 主詞 + 助動詞」也表讓步。

【例】 *Be a man ever so rich*, he ought not to be idle.

（人不論多麼富有，都不該懶惰。）

Call when you will, you will find her in her study.

（無論你何時去拜訪，她總是在書房裡。）

⇨ 像這種表讓步的**祈使句**，相當於副詞子句。

【例】 *Be it ever so humble*, there is no place like home.

= *However humble it may be*, there is no place like home.

（無論家是多麼簡陋，沒有什麼地方可以比得上它。）

⇨ be 是古代假設語氣的遺留，現在多用「**let + 主詞 + be**」表讓步。ever so 也可寫作 **never so**，並無否定之意，意思等於 very。

因此上句可改寫成：

Let it be ever so (= never so) ***humble***, there is no place like home.

[2] for all (that) 也是表讓步的從屬連接詞，that 常常省略。

【例】 ***For all*** (that) he is wealthy, he is not content.
（他雖富有，卻仍不滿足。）

⇨ 本句型是從副詞子句簡化成副詞片語。for all 可接**子句**或**名詞（片語）**為受詞。

【例】 ***For all*** his wealth, he is not happy.
（雖然他很富有，但仍不快樂。）

⇨ for all 中 **for 是介系詞**，相當於 **in spite of**。all 可當代名詞或形容詞，all 當代名詞時，可接形容詞子句，也可接名詞子句。只有在 all（代名詞）後接**名詞子句做 all 的同位語**時，為了簡化才把 for all (that) 看成連接詞，引導表讓步的副詞子句。

【例】 ***For all*** (that) you say, I still like her.
（儘管你這麼說，我仍然喜歡她。）
【all 當代名詞，(that) you say 為形容詞子句】

For all (***that***) he is poor, he is generous.
（他雖窮卻大方。）
【all 當代名詞，(that) he is poor 為名詞子句，為 all 的同位語】

You will not be much better ***for all*** the books you read.【all 是形容詞，the books you read 是名詞片語。】
（儘管你讀了幾本書，也好不到哪裡去。）

§ 舉一反三

1 「be + 主詞 + 形容詞」之代換句型：

> *Be a man ever so rich*, he ought not be arrogant.
>
> = *Let a man be as rich as he will*, he ought not
>   to be arrogant.
>
> = *No matter how rich a man may be*, he ought
>   not to be arrogant.
>
> = *However rich a man may be*, he ought not to
>   be arrogant.
>
> （人無論多麼富有，都不該自大。）

2 for all 的代換句型：

> For all (that) + 子句，～
>
> = $\begin{cases} \text{For all} \\ \text{With all} \\ \text{In spite of} \end{cases}$ + 名詞，～ = Although～，～

《國外試題引證》

For all their secrecy, they were unable to surprise
Joyce with a party.

【翻譯】 儘管他們守口如瓶，他們的派對還是無法讓喬依思感
　　　　 到驚喜。

【解析】 **for all**「儘管」。

【註釋】 secrecy〔'sikrəsɪ〕*n.* 嚴守秘密　　*be unable to V.* 無法

第 11 章 ▸ 實力測驗題

一、中翻英：

1. 我剛到不久，他就得走了。　　　　　　　　【夜大】

_____

2. 要等到每個人都表示了意見之後，我們才能做決定。【台中一中】

_____

3. 不久的將來我們就可以再見面。　　　　　　　【員林高中】

_____

4. 既然我們沒有咖啡，就用茶來代替。　　　　　【夜大】

_____

5. 我衝到門口，卻發現門是鎖著的。　　　　　　【夜大】

_____

二、英翻中：

1. I could _make **neither** head **nor** tail out of_ that modern poem.　　　　　　　　　　　　　　　【新竹女中】

_____

2. _**What with**_ illness and _**what with**_ losses, he is almost ruined.　　　　　　　　　　　　　　　【台中一中】

_____

3. No work is low *as long as* it is honest. 【夜大】

_____

4. *As far as* traffic safety is concerned, most drivers in Taipei
should be re-educated. 【日大】

_____

5. *If* he had never done much good in the world, he had never
done much harm. 【日大】

_____

三、短文翻譯：

下列 5 題爲一則短文，請將各題的中文譯成英文，文長共 80 個單
詞（words）左右。

1. 許多老人清晨起來運動是爲了要保持健康。

_____

2. 這證明了時間和健康都是生命中不可或缺的。

_____

3. 許多學生焚膏繼晷，唯恐明天的考試不及格。

_____

4. 但是事實上，總有一天他們會爲自己的愚行感到遺憾。

_____

5. 只有當他們失去健康時，他們才會了解健康的可貴。

_____

第 11 章　實力測驗詳解

一、中翻英：

1. I had *no sooner* arrived *than* he had to go.

2. It is *not until* everyone expresses his opinion *that* we can make a decision.

3. It will *not* be *long before* we meet again.

4. *Now that* we have no coffee, we *substitute* tea *for* it.

5. I rushed to the door, *only to* discover that it was locked.

二、英翻中：

1. 我完全不懂那首現代詩。
2. 半因生病，半因虧損，他幾乎整個毀了。
3. 工作只要正當，沒有貴賤之分。
4. 就交通安全而言，台北市大部分的駕駛人都應該再教育。
5. 他在世上固然沒做很多善事，但也沒做過什麼壞事。

三、短文翻譯：

1. Many old people get up early to exercise *in order to* keep healthy.

2. It proves that *both* time *and* health are indispensable to life.

3. Lots of students *burn the midnight oil for fear of* failing tomorrow's exam.

4. But *the fact is that* they will be sorry for their foolish act some day.

5. They will *not* realize the value of health *until* they lose it.

第 12 章

特殊構句 Special Structure

句型 103

《公式 174》 **so** + **be** 動詞或助動詞 + 主詞

neither + **be** 動詞或助動詞 + 主詞

「～也是」

【背誦佳句】 Jack hates fish, and *so do I*.

傑克討厭魚，我也是。

【背誦佳句】 Jack doesn't like fish, and *neither do I*.

傑克不喜歡魚，我也是。

§公式解析

1 so, neither, nor 用於**句首**時，主詞與助 (be) 動詞須倒裝。

so 用於**肯定句**，neither 和 nor 用於**否定句**。

【例】 You are fond of fishing, and *so am I*.

= You are fond of fishing, *and I am*, *too*.

（你喜歡釣魚，我也是。）

"I must be going." "*So must I*."

（「我該走了。」「我也是。」）

I can't swim, $\left\{\begin{array}{c} \text{and } \textit{neither} \\ \textit{nor} \end{array}\right\}$ *can he*.

= I can't swim, *and he can't*, *either*.

（我不會游泳，他也不會。）

"I don't think he is right." "*Neither do I*."

（「我認為他不對。」「我也是。」）

⇨ **so + 代名詞 + 助（be）動詞**表示**贊同**，試比較下面兩句：

"I've been to Japan once"

"So have I."

（「我去過日本一次。」「我也是。」）

"I hear you've been to Japan once"

"*So I have*."

（ = "Yes, that's right. I've been to Japan."）

（「我聽說你曾去過日本。」「我是去過。」）

§舉一反三

1) also 亦作「也」解，用於**肯定句**，但通常置於 **be 動詞**或**助動詞之後，一般動詞之前**。

【例】 The fruit crops are *also* good this year.

（今年水果的收成也很好。）

Grown-ups *also* like to play with toys.

（成年人也喜歡玩玩具。）

I've *also* had pains in my back.

（我的背也會痛。）

⇨ **否定句**及**疑問句**中的「也」，用 either。

【例】 I don't want the yellow car, and I don't want the white one, *either*.

（我不要黃色的車，也不要白色的車。）

《聯考試題引證》

Improvement is about quality. …The recovery of cities for people is one example. …The way people live, and the space and the comforts of their homes provide many other examples. ***So do the arts, the opportunities for recreation and play, sports, and whatever contributes to beauty and to pleasure.*** 【夜大】

【翻譯】　進步是品質方面的發展。……都市重新恢復爲人使用就是一個例子。……人們的生活方式,還有其住家的空間和舒適,都是一些很好的例子。藝術、娛樂和遊戲機會、運動,以及任何能增進美和樂趣的事物,也都是證明生活進步的一些例子。

【解析】　**so + 助動詞 + A**「A 也是」;whatever 爲複合關係代名詞,引導一名詞子句,當主詞的一部分。

【註釋】　improvement〔ɪmˈpruvmənt〕*n.* 進步
recovery〔rɪˈkʌvərɪ〕*n.* 恢復
comforts〔ˈkʌmfət〕*n. pl.* 使生活舒適的東西
provide〔prəˈvaɪd〕*v.* 提供
recreation〔ˌrɛkrɪˈeʃən〕*n.* 娛樂;消遣
contribute to 有助於
pleasure〔ˈplɛʒə〕*n.* 樂趣

句型 104

《公式 175》補語 + 動詞 + 主詞

《公式 176》否定詞 + $\left\{\begin{array}{l}\text{助動詞}\\ \text{be 動詞}\end{array}\right\}$ + 主詞

【背誦佳句】 *Great was my surprise* when I heard that.

當我聽到那件事時，我非常驚訝。

【背誦佳句】 *Little did I dream* of meeting her there.

我從沒想到會在那裡遇見她。

§公式解析

[1] 為了使動詞與核心主詞接近，或強調補語，常把補語放在句首，而將**主詞與動詞倒裝**。

【例】 *Happy are those* who are contented.

（知足者常樂。）

= *Those* who are contented *are happy*.

= *The contented* are happy.

[2] **否定詞**放在句首，則助動詞或 be 動詞應放在主詞前面。常見的否定詞有：

by no means ⎫
on no account ⎬（絕不）
in no way ⎭

hardly ⎫
scarcely ⎬（幾乎不）
seldom（很少）

not（不；沒有）
never（從不）

no sooner~(than)（一~就）   rarely（很少地）

【例】 *By no means shall I* meet him halfway.

　　　= I *shall by no means* meet him halfway.

　　　（我絕不跟他妥協。）

⇨ 放在句首的否定詞，如果**修飾主詞**，則是完全主詞的一部

　分，所以**主詞和助（be）動詞不須倒裝**。

【例】 *Scarcely a drop* of rain has fallen since last summer.

　　　（從去年夏天以來，幾乎沒有下過一滴雨。）

　　　【rain 是核心主詞，Scarcely a drop of rain 是完全主詞】

§舉一反三

1 其他主詞與（助或 be）動詞須倒裝的類例：

① **Only** + 副詞（片語）放在句首時，助（be）動詞應放在主

　詞前：

【例】 *Only* then did I take pity on her.

　　　= I took pity on her *only* then.

　　　（只有在那時候，我才會同情她。）

② **副詞**（片語）放在句首時，主詞與動詞（不及物）須倒裝：

【例】 *Next* came Mr. Wang. = Mr. Wang came *next*.

　　　（下一位進來的是王先生。）

⇨ 但當主詞為**代名詞**時，雖然副詞（片語）放在句首，主詞與

　動詞仍不倒裝。

【例】 Behind the oak tree *he* stood.

　　　= *He* stood behind the oak tree.

　　　（他站在那棵橡樹後面。）

《聯考試題引證》

請從下題四個答案中，選出一個正確的答案：

Rarely _____ such nonsense.

(A) I have heard　　　(B) have I heard

(C) I do hear　　　　(D) don't I heard　　　【夜大】

【答案】 (B)

【翻譯】 我很少聽到這麼無聊的事情。

【解析】 否定詞 + $\begin{cases} 助動詞 \\ be\ 動詞 \end{cases}$ + 主詞

【註釋】 rarely〔'rɛrlɪ〕*adv.* 罕見地；很少
　　　　nonsense〔'nɑnsɛns〕*n.* 無意義的話；無聊的事物

《國外試題引證》

Barely does he have enough money to live on.

【翻譯】 他幾乎沒有足夠的錢維生。

【解析】 否定詞 + $\begin{cases} 助動詞 \\ be\ 動詞 \end{cases}$ + 主詞

【註釋】 barely〔'bɛrlɪ〕*adv.* 幾乎不
　　　　live on 靠…生活

句型 105

《公式 177》 **It is ~ that…**「正是 ~ …」

【背誦佳句】 *It is* I, not you, *that* am to blame.

該受責備的是我，不是你。

§公式解析

1 加強語氣用法的 It 句型如下：

It is (was) + 強調部分 + that + 其餘部分

【例】 Jim ate lunch at a restaurant yesterday.
　　　　①　　　②　　　③　　　　　④

（吉姆昨天在一家餐廳吃午餐。）

改爲強調句型如下：

① *It was Jim that* ate lunch at a restaurant yesterday.

　　【強調是吉姆】

② *It was lunch that* Jim ate at a restaurant yesterday.

　　【強調是午餐】

③ *It was at a restaurant that* Jim ate lunch yesterday.

　　【強調是在餐廳】

④ *It was yesterday that* Jim ate lunch at a restaurant .

　　【強調是昨天】

　⇨ that 前所指爲人時，可用 **who**；爲物時，可用 **which**；爲
　　地點時，可用 **where**；爲時間時，可用 **when** 來代替。

　　　It was Jim *who*…

　　　It was lunch *which*…

　　　It was at a restaurant *where*…

　　　It was yesterday *when*…

⇨ 在此句型中，that 之後的動詞，其人稱與數要與它前面的名詞或代名詞一致，與主詞 it 無關。

【例】 *It was* my two sons *that* were hurt.

（受傷的是我兩個兒子。）

§舉一反三

1 It is (was) 與 that 之間所強調的部分，也可是一個**介詞片語**或**子句**。

【例】 It is <u>when something unusual happens</u> that he shows great courage.

（當不尋常的事發生時，他表現出了很大的勇氣。）

《聯考試題引證》

下題附有四個答案解釋該題題意，選出其中與題目意義最接近的一個答案：

( ) *It was* the success of the simplest tools *that* started the whole trend of human evolution.

(A) Not until man started to use tools was the entire course of human evolution set.

(B) The successful use of tools was the direct result of human evolution.

(C) Man's use of tools was not directly related to his evolution.

(D) Human evolution was brought about by something other than the use of tools. 【日大】

【答案】 (A)

【翻譯】 最簡單工具的成功，才開始了整個人類進化的趨勢。

(A) 直到人類開始使用工具，整個進化的過程才開始。

(B) 工具使用的成功，是人類進化的直接結果。

(C) 人類使用工具，和其進化沒有直接的關係。

(D) 人類的進化是由某件不同於使用工具的事所造成的。

【解析】 本句是 It was…that 的強調句型，所強調的部分是 the success of the simplest tools。

【註釋】 trend〔trɛnd〕*n.* 趨勢

evolution〔‚ɛvə'luʃən〕*n.* 進化

course〔kors〕*n.* 過程　　set〔sɛt〕*v.* 開始

be related to 與～有關　　*bring about* 導致；引起

other than 與～不同

【劉毅老師的話】

　　文法規則無限多，也有無限多的例外，因為文法是根據人類語言歸納而成的。用文法規則自己造句很危險，造完句子以後，一定要有外國老師改過。有些句子合文法，但卻不是美國人會用的句子，「劉毅英文」願意提供這方面的協助。

句型 106

《公式 178》 疑問詞 + **in the world** ~？「究竟 ~ ？」

《公式 179》 最高級 + **possible**「儘可能的 ~ 」

【背誦佳句】 What *in the world* are you doing that for?

你究竟為什麼要做那件事？

【背誦佳句】 The car ran at *the highest possible* speed.

那輛車以儘可能的最高速度行駛。

§ 公式解析

1 in the world 放在疑問詞之後，用來**加強語氣**，作「究竟；到底」解，等於 **ever**。

【例】 Who *in the world* are you？

（你到底是誰？）

⇨ in the world 也可用來加強**最高級**，作「世界上；全世界」解。

【例】 He is the greatest man *in the world*.

（他是全世界最偉大的人。）

⇨ in the world 還可用來強調**否定**，作「絕不」解。

【例】 She will never *in the world* marry him.

（她絕不會嫁給他。）

2 名詞前有最高級或 all, every, only, the few 等形容詞修飾

時，則以-**ible** 或-**able** 作**字尾**的**形容詞**，須放在**名詞後面**。

但 **possible** 例外，可以放在名詞的前後。

【例】 The car ran at *the highest possible* speed.

= The car ran at *the highest* speed *possible*.

They are on *the best* terms *imaginable*.

（他們十分要好。）

I have tried $\left\{ \begin{array}{c} all \\ every \end{array} \right\}$ means *imaginable*.

（我已試過所有可以想得到的方法了。）

§ 舉一反三

1 除 in the world 可用來加強疑問詞之外，還有下列五個：

on earth; the devil; the deuce; the dickens; the hell

【例】 Why <u>on earth</u> are you sitting there ?

（你究竟為什麼坐在那裡？）

Who <u>the devil</u> is he ?（他究竟是誰？）

What <u>the deuce</u> is that ?（那究竟是什麼？）

Where <u>the dickens</u> is my purse ?

（我的錢包到底在哪裡？）

How <u>the hell</u> did you do it ?

（你究竟是怎麼辦到的？）

《聯考試題引證》

Where *on earth* is my book ?
= Where *in the world* is my book ?   【日大】

【翻譯】 我的書究竟在那裏?

【解析】 疑問詞 + **in the world** ~ ? = 疑問詞 + **on earth** ~ ?
「究竟 ~ ?」

《聯考試題引證》

請從下題的四個答案中,選出一個正確的答案:

We shall try to buy the house with _____ possible
amount of money.
(A) less (B) the least (C) few (D) little   【日大】

【答案】 (B)

【翻譯】 我們將試著用儘可能最小量的錢去買那棟房子。

【解析】 **最高級 + possible**「儘可能的 ~ 」
the least possible amount of money「最少量的錢」
(A) less + 原級 + than 「比 ~ 少」,此句後並無 than。
(C) few 須修飾複數可數名詞,且和 (D) little 均為否定
字,與句意不合。

句型 107

《公式 180》　**the fact that**…「…的事實」

【背誦佳句】　***The fact that*** he is a billionaire is
well known.

他是個億萬富翁，這是眾所周知的事實。

§公式解析

1 本公式中，that 是連接詞，引導名詞子句做 the fact 的**同位語**。
而 fact 可依句意，用其他的名詞代替。

【例】 He had ***the feeling that*** he was going to succeed
this time.（他有種感覺，他這次會成功。）

⇨ 在「名詞 + that 子句」的公式中，名詞前除可加**定冠詞**
the 外，亦可加**不定冠詞** a 或**形容詞**。

【例】 I have ***a strange feeling that*** something terrible
will happen.

（我有種奇怪的感覺，好像會有可怕的事發生。）

§舉一反三

1 與 the fact that…相同的類例：

the thought that…（…的想法）
the news that…（…的消息）
the conclusion that…（…的結論）

《聯考試題引證》

請從下題的五個選項中選出符合題意並依序排好的三個答案：

雖然他有過失，我照樣喜歡他。

(A) In spite of the fact

(B) Though

(C) that he has faults

(D) I like him none the less

(E) I do not like him all the same　　　　　　【專科】

【答案】 (A) (C) (D)

【解析】 **the fact that**…「…的事實」(B) though 為連接詞，引導
表讓步的副詞子句，其後不接 that。(E) 不合題意。

【註釋】 *in spite of* 儘管
none the less 仍然 (= *all the same*)

《國外試題引證》

In spite of *the fact that* it was raining, they went for a
walk.

【翻譯】 儘管當時其實正在下雨，他們還是出去散步了。

【解析】 **the fact that**…「…的事實」。

【註釋】 *in spite of* 儘管　　*go for a walk* 去散步

第 ⑫ 章 ▶ 實力測驗題

一、中翻英：

1. 你到底怎麼搞的？
【彰女】

_____

2. 揍我的人是約翰。

_____

3. 誠實爲上策這個事實是無可置疑的。

_____

4. 你不願去，我也不願。

_____

5. 只有在星期天他才有機會去釣魚。

_____

二、英翻中：

1. My father likes to play chess, and *so do I*.

_____

2. *On his left sits his wife*, who is beautiful and pale as wax.

_____

3. The car was running at *the highest possible* speed.

_____

4. *So great was his disappointment* that he could not speak for a moment.

_____

5. *It is* a wise man *that* makes no mistakes.

_____

三、短文翻譯：

下列 5 題爲一則短文，請將各題的中文譯成英文，文長共 80 個單詞（words）左右。

1. 我那有著年輕快樂心境的日子已經消失了。

_____

2. 究竟是什麼把我們變得如此自私自利？

_____

3. 是我們對於生命短暫的恐懼使得我們汲汲於追求財富。

_____

4. 我們對於知足常樂這個事實已感到陌生。

_____

5. 只有讓世界再度充滿愛，才是最有希望的救星。

_____

第 12 章　實力測驗詳解

一、中翻英：

1. What *in the world* is the matter with you?

2. *It is* John *that* beat me.

3. *The fact that* honesty is the best policy is *beyond doubt*.

4. You will not go, and *neither will I*.

5. *Only* on Sunday *does he get* a chance to go fishing.

二、英翻中：

1. 我父親喜歡下西洋棋，我也喜歡。

2. 坐在他左邊的是，他那美麗卻蒼白如蠟的妻子。

3. 那輛車正以最快速度行駛著。

4. 他是如此失望，以致於一時說不出話來。

5. 凡人皆會犯錯。

三、短文翻譯：

1. *Gone are the days* when my heart was young and sprightly.

2. What *in the world* makes us so selfish?

3. *It is* the fear of life *being* so short *that* spurs us to pursue wealth.

4. *The fact that happy are those* who are content is *foreign to us*.

5. It is *the most possible* saver to *fill* this world *with* love again.

劉毅英文家教班成績優異同學獎學金排行榜

姓　名	學　校	總金額	姓　名	學　校	總金額	姓　名	學　校	總金額
潘羽薇	丹鳳高中	21100	高士權	建國中學	7600	賴奕均	松山高中	3900
孔爲亮	中崙高中	20000	吳鴻鑫	中正高中	7333	戴寧昕	師大附中	3500
吳文心	北一女中	17666	謝宜廷	樹林高中	7000	江紫寧	大同高中	3500
賴柏盛	建國中學	17366	翁子惇	縣格致中學	6900	游清心	師大附中	3500
劉記齊	建國中學	16866	朱浩廷	陽明高中	6500	陳　蓁	海山高中	3500
張庭碩	建國中學	16766	張　毓	成淵高中	6500	曾清翎	板橋高中	3400
陳瑾慧	北一女中	16700	吳宇珊	景美女中	6200	吳昕儒	中正高中	3400
羅培恩	建國中學	16666	王昱翔	延平高中	6200	高正岳	方濟高中	3250
毛威凱	建國中學	16666	張祐誠	林口高中	6100	林夏竹	新北高中	3100
王辰方	北一女中	16666	游霈晴	靜修女中	6000	曾昭惠	永平高中	3000
李俊逸	建國中學	16666	林彥君	大同高中	6000	萬彰允	二信高中	3000
溫彥瑜	建國中學	16666	張騰升	松山高中	6000	張　晨	麗山國中	3000
葉乃元	建國中學	16666	陳姿穎	縣格致中學	5900	廖泓恩	松山工農	3000
邱御碩	建國中學	16666	沈　怡	復興高中	5800	張意涵	中正高中	2900
劉楫坤	松山高中	14400	莊永瑋	中壢高中	5600	劉冠伶	格致高中	2900
張凱俐	中山女中	13333	邱鈺璘	成功高中	5600	鄭翔文	格致高中	2800
邱馨荷	北一女中	12000	許斯閎	丹鳳高中	5500	莊益昕	建國中學	2700
陳瑾瑜	北一女中	11700	郭子豪	師大附中	5400	葉禹岑	成功高中	2700
施哲凱	松山高中	10450	黃韻蓉	東吳大學	5400	李承紘	復興高中	2600
陳宇翔	成功高中	10333	陸冠宏	師大附中	5200	林郁婷	北一女中	2600
林上軒	政大附中	10000	李柏霆	明倫高中	5100	張淨雅	北一女中	2600
陳玟妤	中山女中	9000	孫廷瑋	成功高中	5100	許茵茵	東山高中	2600
林洳欣	格致高中	8800	李泓霖	松山高中	5000	范容菲	慧燈高中	2500
黃敏頤	大同高中	8600	劉若白	大同高中	5000	孔爲鳴	高中生	2500
蘇玉如	北一女中	8400	洪菀妤	師大附中	5000	廖永皓	大同高中	2500
廖奕翔	松山高中	8333	洪宇謙	成功高中	5000	蘇翊文	格致高中	2300
廖克軒	成功高中	8333	黃柏誠	師大附中	5000	陳　歡	景文高中	2300
呂承翰	師大附中	8333	劉其瑄	中山女中	5000	邱國正	松山高中	2300
鮑其鈺	師大附中	8333	陳章廷	成功高中	5000	許晉嘉	成功高中	2200
簡珞帆	高中生	8333	李維任	成功高中	5000	林靜宜	蘭陽女中	2200
蕭羽涵	松山高中	8333	林晉陽	師大附中	4900	吳玟慧	格致高中	2200
廖奕翔	松山高中	8333	林品君	北一女中	4900	吳珮彤	再興高中	2100
蕭若浩	師大附中	8333	柯季欣	華江高中	4500	張　榕	南港高中	2000
連偉宏	師大附中	8333	李智傑	松山高中	4300	張媛瑄	景美女中	2000
王舒亭	縣格致中學	8300	許博勳	松山高中	4300	胡明媛	復興高中	2000
楊政勳	中和高中	8100	張鈞堯	新北高中	4166	盧世軒	徐匯中學國中部	2000
鄭鈺立	建國中學	8000	林子薰	中山女中	4000	陳新雅	新北高中	2000
吳宇晏	南港高中	8000	王思予	林口高中	4000	黃子晏	私立大同中	2000
楊沐焙	師大附中	7750	鄭宇彤	樹林高中	4000	蔡雅淳	秀峰高中	2000
謝育姍	景美女中	7600	張心瑜	格致高中	3900			

劉毅英文教育機構　台北本部：台北市許昌街17號6F（捷運M8出口對面・學普補習班）　TEL：（02）2389-5212
台中總部：台中市三民路三段125號7F（光南文具批發樓上・劉毅補習班）　TEL：（04）2221-8861
www.learnschool.com.tw

文法句型 180

修　　編 / 劉　毅

發　行　所 / 學習出版有限公司　　　☎ (02) 2704-5525

郵 撥 帳 號 / 05127272 學習出版社帳戶

登　記　證 / 局版台業 *2179* 號

印　刷　所 / 裕強彩色印刷有限公司

台 北 門 市 / 台北市許昌街 10 號 2 F　　☎ (02) 2331-4060

台灣總經銷 / 紅螞蟻圖書有限公司　　☎ (02) 2795-3656

本公司網址　www.learnbook.com.tw

電 子 郵 件　learnbook@learnbook.com.tw

售價：新台幣二百二十元正

2017 年 4 月 1 日新修訂

4713269380719　　　　　　　　　版權所有 · 翻印必究